U0109001

# 豐子愷家塾課

## 外公教我學詩詞 ①

豐子愷◎繪

宋菲君◎著

李遠達
高樹偉　◎評註

林　嵩◎審校

中華教育

# 目錄

## 二　畫中有詩

## 三　外公的師友

# 序

## 「橄欖味」
### ——《豐子愷家塾課——外公教我學詩詞》序

　　豐子愷的繪畫創作，從一開始就與詩詞有着密切的關係。其成名作，即發表在朱自清與俞平伯合辦的《我們的七月》（1924年）上的《人散後，一鈎新月天如水》，畫面上只是一張桌子、一把茶壺、幾隻茶杯、一道蘆簾和一鈎新月，但畫的意境多半就從「人散後，一鈎新月天如水」中得以傳達。豐子愷漫畫創作的第一個時期，其實就是「古詩新畫」時期。豐子愷愛古詩詞，他在《藝術的學習法》中認為「文學之中，詩是最精彩的」。他又在《漫畫藝術的欣賞》中說：「古人云：『詩人言簡而意繁』。我覺得這句話可以拿來準繩我所歡喜的漫畫。我以為漫畫好比文學中的絕句，字數少而精，含意深而長。」

　　然而，正如豐子愷自己在《漫畫創作二十年》中所說：「我覺得古人的詩詞，全篇都可愛的極少。我所愛的，往往只是一篇中的一段，甚至一句。」他在《畫中有詩》中又言：「余每遇不朽之句，諷詠之不足，輒譯之為畫。」他的老師夏丏尊把豐子愷的這些描寫古詩詞句的小畫稱作「翻譯」，因為這些「古詩詞名句，原是古人觀照的結果，子愷不過再來用畫表現一次」。豐子愷作這類畫，用簡潔的幾筆，便能將詩詞句的主旨表現得別有韻味。李清照《醉花

陰》內容豐富，但豐子愷只選「簾捲西風，人比黃花瘦」一句，算是吃透了李清照的詞意；李後主有詞《相見歡》，豐子愷也只選「無言獨上西樓，月如鈎」一句，直接捉住了李後主寫作時的心態。「古詩新畫」並非只是豐子愷早期漫畫中才有，此後他在各個歷史時期中都有眾多這類畫出現。比如最具有代表性的是他在 1943 年 4 月由重慶萬光書店出版的畫集《畫中有詩》。該畫集中所收集的，是豐子愷選取古詩句，以現代人的觀照而創作的畫。豐子愷在自序中明確地說：「近來積累漸多，乃選六十幅付木刻，以示海內諸友。名之曰《畫中有詩》。」朱自清在豐子愷的第一本漫畫集《子愷漫畫》的代序中寫道：「……我們都愛你的漫畫有詩意，一幅幅的漫畫，就如一首首的小詩——帶核兒的小詩。你將詩的世界東一鱗西一爪地揭露出來，我們這就像吃橄欖似的，老覺着那味兒。」豐子愷的畫中有「橄欖味」，是因為這是他從詩的世界中「東一鱗西一爪」揭露出來的。這種「橄欖味」，不僅作者自己受用，也讓讀者受用，他還希望自己的孩子們受用。

有感於豐子愷漫畫與詩詞的關係，這便聯想到了本書。我知道，1986 年 7 月，香港山邊社出版了豐子愷兒童故事的單行本《豐子愷兒童故事集》，收兒童故事 18 篇，豐子愷的女兒豐宛音（即本書作者宋菲君之母）為此書作序言，序言中寫道：「這本書裏的故事，極大部分是我父親在抗戰時期講給我們聽的。那時我們才十多歲。侵略者的炮火逼使我們背井離鄉，到處流浪，受盡了苦難。但父親始終堅信最後的勝利一定屬於我們。他素性樂觀開朗，一路上仍然和戰前家居時那樣，經常給我們講故事。很多故事是逃難途中在舟車旅舍間講的。到內地後，暫得定居，父

親雖然整天忙於文藝抗宣工作，但有空仍然經常給我們講故事，還要我們聽過後記下來，作為寫作練習。」豐子愷的幼女豐一吟對此有細節上的補充，她也在《豐子愷兒童故事集》一書中有一篇文章，曰《父親和我們同在》，文中寫道：「我依稀記得，其中一部分故事，正是父親在我家的週末晚上講給我們聽的。抗戰時期我家逃難到大後方，由於一路不斷遷徙，我們兄弟姐妹的求學發生困難，父親便用種種方法給我們補充教育。其中之一便是在週末為我們舉行茶話會。從城裏買五元錢的零食，我們團團地圍坐在父親身旁，邊吃邊聽他講話。過後我們必須把這些講話按他要求用作文的形式記述下來交他修改。他稱這些晚會為『和閒會』。按我們家鄉話，『和閒』與『五元』的音近似。由於物價飛漲，不久，『和閒會』改名為『慈賢會』（『慈賢』與『十元』的音近似）。部分兒童故事，我們正是在這些會上聽到的。」豐子愷之所以在抗戰勝利後把這些故事寫下來發表，應該是為了讓更多的孩子「聽」到他所講的故事。因為豐子愷本人對寫兒童故事有自己的說明。1948 年 2月，兒童書局出版豐子愷的兒童故事集《博士見鬼》。豐子愷在代序中談了自己的觀點：

> 我小時候要吃糕，母親不買別的糕，專買茯苓糕給我吃。很甜、很香，很好吃。後來我年稍長，方才知道母親專買茯苓糕給我吃的用意：原來這種糕裏放着茯苓。茯苓是一種藥，吃了可以使人身體健康而長壽的。
>
> 後來我年紀大了，口不饞了，茯苓糕不吃了；但我作畫作文，常拿茯苓糕做榜樣。茯苓糕不但甜

美，又有滋補作用，能使身體健康。畫與文，最好也不但形式美麗，又有教育作用，能使精神健康。數十年來，我的作畫作文，常以茯苓糕為標準。

這冊子裏的十二篇故事，原是對小朋友們的笑話閒談。但笑話閒談，我也不喜歡光是笑笑而沒有意義。所以其中有幾篇，仍是茯苓糕式的：一隻故事，背後藏着一個教訓。這點，希望讀者都樂於接受，如同我小時愛吃茯苓糕一樣。

豐子愷的家庭故事會，其實也正是本書作者所說的「課兒」的較早形式，是豐子愷為了教育兒童，對故事內容進行特別的選擇，用十分親和的方式寓教於樂。基於對古詩詞的熱愛，和對古詩詞句中特殊教育功用的理解，「課兒」的對象又逐步擴大到他的孫輩，「課兒」也從講故事，發展到教授古詩詞。據本書作者言，豐子愷的教學方式很特別，他善於利用畫家的方便，一面講，一面繪示意圖。其實這也是豐子愷經常使用的方式。有時豐子愷還會倒過來做，比如他為家中孫輩講日本漫畫家北澤樂天的漫畫，他也會在解釋畫冊上的畫作時，在頁面上同時作文字「翻譯」，以便孩子們在「下課」後溫習時進行文畫互讀。

豐子愷「課兒」的具體內容和方式，本書第一部分「外公的『課兒』傳統」已有十分詳細而生動的介紹。給人的感覺此與豐子愷的詩詞觀十分相契 —— 當年他作畫，對於精彩的詩詞句，「諷詠之不足，輒譯之為畫」，如今復將這些古詩詞名句，再用現代人的生活作一次全新的觀照，幫助孩子們建立起對生活的一種態度 —— 而就在此同時，其「橄欖味」也就咀嚼出來了。

　　由此，我又想起豐子愷的一幅畫，叫作《世上如儂有幾人》。畫題出自五代南唐李煜《漁父》詞。理解此畫，可以有不同的角度，其中，挪威漢學家克里斯托夫·哈布斯邁爾在他的著作《漫畫家豐子愷——具有佛教色彩的社會現實主義》中評說：「漁夫念念不忘的是魚，他一直是在留心注意。他的全神貫注不會因其周圍世界的瑣碎事物而受干擾。這是一幅有關如何集中注意力的漫畫。當然，豐子愷並不是想說釣魚活動是一項不錯的業餘愛好，而是想藉此表明處事要目標專一的人生態度。就其簡樸的繪畫風格而言，這是豐子愷最好的漫畫之一。畫中的釣魚竿紋絲不動地垂入水面，正是這種風格特徵的完美體現。」就豐子愷漫畫的形式風格而論，「這是豐子愷最好的漫畫之一」的評價實不為過，但就此畫所體現的內容而言，我認為還應該在以上評論的基礎上再補充一句：畫中還表現了一種恬淡超脫的生活態度，此亦柳宗元所謂的「孤舟蓑笠翁，獨釣寒江雪」。你有你的生活方式，我有我的處事態度……豐子愷十分期待自己的孫輩們也能建立起一種生活的態度。令人驚喜的是，本書居然特別安排了大量的篇幅來延伸「課兒」，如「外公的師友」「藝術的逃難」「西子湖畔舊事」「畫中有詩」和「日月樓中日月長」，這些看似雜談式的或記述式的文章終究還是緊緊圍繞豐子愷詩詞教育，可謂廣義的「課兒」。這就又讓我想到豐子愷的一貫主張，即「讀萬卷書，行萬里路」。這原本是豐子愷自己求創作源泉的一種態度，但卻可以挪用於豐子愷詩詞教育的方式方法。這不僅極大豐富了本書內容，更重要的是傳達出了本書作者對待詩詞的學習態度，尤其是對豐子愷詩詞教育的理解。

　　我知道宋菲君老師是一位科學家，但由於在多方面接受過豐子愷的影響，不僅是能作文，也能作畫，更對豐子愷的藝術觀和教育觀有深入領悟。此乃一般人難以做到的。承蒙不棄，敦促為序。寫上如上感想，僅供讀者參考。

　　　　　　　　　　　　　　　　　　陳　星

　　　　　　　　　　2021 年 2 月 13 日　於杭州

# 前言

　　外公豐子愷特別重視子女的教育，親自給孩子們上課，這個課程稱「課兒」（teaching the kids），是豐家的「家塾」。在桐鄉緣緣堂，在嘉興金明寺弄，在抗戰逃難路上，在富春江的船上，在桐廬、萍鄉、長沙，在桂林泮塘嶺，在貴州遵義浙大宿舍「星漢樓」，在重慶沙坪小屋，在杭州裏西湖靜江路85號，在上海陝西南路「日月樓」……「課兒」始終在進行。我是豐家的長外孫，曾長期生活在外公豐子愷身邊，直到十八歲考上北京大學物理系到北京讀書。我有幸親歷了外公家的「課兒」。

　　詩詞是「課兒」的第一必修課。上中學時我每週去外婆家，外公先讓我背上週學的古文詩詞，再教新課。詩詞一般每週教二十首左右，古文一篇，由外公親授，取材很廣，包括《詩經》《蘇批孟子》《古文觀止》《古詩十九首》《古唐詩合解》《白香詞譜箋》等。從《古詩十九首》的「行行重行行」學到王勃《滕王閣序》的「落霞與孤鶩齊飛，秋水共長天一色」。

　　外公的教學非常有特色，常常是一面講解，一面畫示意圖。講到「六軍不發無奈何，宛轉蛾眉馬前死」就畫一位女子跪地，周圍是持戟的武士；講到「畫圖省識春風面，環佩空歸夜月魂」，外公隨手畫了一位佩飾叮咚、飄然而至的女子。

　　外公又常常給我們講詩人詞客的逸聞軼事。例如講到辛棄疾的《賀新郎》「易水蕭蕭西風冷，滿座衣冠似雪」，就和我們議論荊軻刺秦王、燕太子丹和高漸離易水送別壯

士；講到「夜深滿載月明歸，劃破琉璃千萬丈」，就講吳城小龍女的故事。

外公喜歡旅遊，講到蘇曼殊的「春雨樓頭尺八簫，何時歸看浙江潮」，立刻決定全家去看錢塘江大潮；讀完「二十四橋仍在，波心蕩、冷月無聲」，就去揚州尋夢。

外公家的文學氛圍特別濃厚，飯前做的遊戲是「猜詩句」（豐家的「飛花令」）「九里山前作戰場」；除夕夜的大戲則是富有文學、地理、古跡情趣的「覽勝圖」；「藍關」出自韓愈的「雲橫秦嶺家何在，雪擁藍關馬不前」；「尾生橋」的典故是李白的《長干行》「長存抱柱信，豈上望夫台」；「金谷園」則引自杜牧的七絕《金谷園》「日暮東風怨啼鳥，落花猶似墜樓人」。

還有許多我童年時期的趣事，例如抓蟋蟀、猜謎語、唱京劇、看星星等，每個故事背後都有一首或幾首詩詞。

外公的一生與詩詞結下了不解之緣，抗戰時期他在遵義為浙大師生講《藝術概論》時，將住宅命名為「星漢樓」，緣起孟昶的「起來瓊戶寂無聲，時見疏星渡河漢」；四十年代住在杭州裏西湖，「門對孤山放鶴亭」；解放後他在上海的住宅「日月樓」裏貼的對聯是杜甫的名句「香稻啄餘鸚鵡粒，碧梧棲老鳳凰枝」，還有國學大師馬一浮書寫的「星河界裏星河轉，日月樓中日月長」；當年我讀高三時文理分科拿不定主意，去問外公時，他正在日月樓中端着茶杯踱步，吟誦着温庭筠的名句：「誰解乘舟尋范蠡，五湖煙水獨忘機。」外公曾經說過，當他離開人世之際，最捨不得放不下的就是詩詞。在「豐子愷120週年華誕」書畫展會上，展出了外公歷經三年寫成的25米長的書法長卷，收集204首外公喜愛的詩詞。在中國美術館舉行的開幕式

上，我的二女兒宋瑩芳組織了北京天使童聲合唱團的小天使們，演唱了豐子愷先生的老師李叔同先生寫的歌：「故山隱約蒼漫漫，呢喃，呢喃，不如歸去歸故山。」

這是一個典型的書香門第，我的母親、舅舅和姨媽個個飽讀詩書，留下了許多有趣的故事。這樣的家庭，這樣的文化傳統，在現代社會中大約永遠地消失了。

外公的漫畫、散文和譯作已經大量出版，但「課兒」背後的故事，只在小姨和母親的書中偶有談及。豐家第二代只有小姨還健在，但她年齡很大了。我覺得自己有義務把「課兒」的故事回憶出來、寫下來，否則豐家和詩詞及其背後的逸聞軼事都將永遠地被淹沒。

「人世幾回傷往事」，往事雖已過去多年，幸而我的「長記憶」尚好。在北大中文系林嵩老師的鼓勵下，我決定下功夫仔細回憶。就像當年高鶚、程偉元編寫《紅樓夢》後四十回那樣，把久遠的、碎片狀的回憶「細加釐剔，截長補短，抄成全部」。但我和他們又不一樣，高、程兩人並不認識曹雪芹，《紅樓夢》後四十回係根據鼓擔上淘來的二十餘卷殘稿、前八十回曹雪芹所寫的正文中的暗示以及脂硯齋的評語編撰而成。而本書中的所有故事都是我親歷的，或父母親告訴我的。我只是把片斷的回憶盡量串聯起來，寫成完整的故事。

詩詞是我國古典文學的瑰寶，自古以來，詩詞的讀本很多，例如膾炙人口的《唐詩三百首》《唐宋名家詞選》等，近代有更多詩詞選集出版。這本書的寫作風格是林老師建議的，每篇首都有一首詩詞，由北大中文系李遠達博士（現任北京大學醫學人文學院講師）和高樹偉博士（古典文獻學專業）評註，由我寫正文，也就是上面所講

的故事。「子愷漫畫」本來就有「畫中有詩、詩中有畫」的特色，本書插圖都是外公的漫畫和書法。也可以說，這是一本別具特色的詩詞讀本，由林老師取名《豐子愷家塾課 —— 外公教我學詩詞》。由於「課兒」在我出生以前就有了，為使這本書更加完備，又補寫了抗戰期間外公全家「藝術的逃難」。全書許多文字引自外公的文章，以及小姨、母親的文章。外公是本書的第一作者。

本書的緣起，是外公和我的大姨、小姨撰寫的《爸爸的畫》一書（華東師範大學出版社）榮獲了「第十一屆文津圖書獎」，2016 年，在頒獎會上我碰到了編輯許靜，應許靜之邀，我有了寫這本書的想法。李遠達和高樹偉對詩詞作者、寫作風格和文學、歷史、政治背景進行了深入淺出、別具特色的評註，林老師做了全面細緻的審查和修改，為成書做出重大貢獻。許靜、喬健二位編輯參與討論寫作風格、規範，恰當、高效地掌控了寫作、編輯、排版的協同進度。這本書體現了北大和華東師大出版社合作的緣分。

2018 年末國家天文台薛隨建副台長和他的團隊建議把發現於 1998 年的一顆小行星命名為「豐子愷星」，我也參與運作此事。2020 年 6 月 3 日，國際小行星命名協會批准了「豐子愷星」，公告指出「豐子愷（1898-1975），中國近代著名的畫家、文學家、藝術與音樂教育家，以其風格獨特的漫畫和散文廣受歡迎。」發現這顆小行星的日子恰是外公 100 週年華誕，媒體稱「百年華誕之際豐子愷天人合一」。其實，外公自己也是天文愛好者，曾為我高一時和同學製作的天文望遠鏡作畫並配詩：「自製望遠鏡，天空望火星。仔細看清楚，他年去旅行。」外公和天文自有緣分，

許多故事在本書中有所反映。去年中國製作的「天問一號」火星探測飛船發射，實現了外公多年前的夙願，國家天文台邀請我作為特殊的嘉賓，在運控大廳實時觀看了發射過程。正如《中國國家天文》雜誌所說，這是「豐子愷跨越時空的『星』緣」。

最後，我們要感謝杭州師範大學弘一大師·豐子愷研究中心主任、資深教授陳星先生為本書作序。

宋菲君

2020 年寫於外公豐子愷逝世 44 週年

一

外公的「課兒」傳統

# 詠懷古跡五首 · 其三

〔唐〕杜 甫

羣山萬壑赴荊門[①]，生長明妃尚有村。
一去紫臺連朔漠[③][④]，獨留青塚向黃昏[⑤]。
畫圖省識春風面[⑥]，環佩空歸夜月魂。
千載琵琶作胡語，分明怨恨曲中論。

**註 釋** ·······························

① 荊門：山名，在湖北宜都西北的長江南岸，是古時楚國西邊門戶，位於楚蜀交界處。

② 明妃：西漢元帝時宮女王嬙，字昭君，晉代因避司馬昭諱，改稱明妃。

③ 紫臺：即紫宮，漢代宮殿名。江淹《恨賦》：「明妃去時，仰天太息。紫臺稍遠，關山無極。」

④ 朔漠：北方沙漠，匈奴所居之地。

⑤ 青塚：昭君墓，在今内蒙古呼和浩特南二十里。

⑥ 畫圖省識春風面：漢元帝根據圖畫選妃，致使宮人的命運由畫師擺佈。畫師毛延壽故意醜化王昭君，造成昭君無緣得識君面。

## 評述

　　《詠懷古跡五首》是杜甫在唐大曆元年（766）作於夔州的一組七律，詩中所歌詠的宋玉、王昭君、劉備等人都在夔州及三峽一帶留下古跡。杜甫藉歌詠古跡來追懷古人，抒發自己的家國情思。當時杜甫身處白帝城，而昭君村遠在秭歸，首句氣勢磅礴地描繪羣山萬壑隨着湍急江流奔赴荊門山的瑰奇景觀乃出於想像。而用如此雄壯的意象襯托昭君村，有「窈窕紅顏，驚天動地」的意味。頷聯用紫台與青塚、朔漠與黃昏的交錯時空兩兩相對，建立起邁越讀者想像的一組邏輯關係，寫盡昭君一生悲劇。杜甫點化南朝江淹《恨賦》成句，以「連」寫昭君出塞之景，以「向」顯明妃思漢之心，下筆如神。頸聯承上啟下，凸顯昭君悲劇的根源是漢元帝昏聵，將宮女的命運交給畫師來裁決，致使環佩空鳴，昭君骨留青塚，只有魂魄才能夜返故鄉。尾聯借胡地傳入的琵琶曲調，點出昭君「怨恨」的深沉主題。語不涉議論，卻無所不包，呈現出此刻「漂泊西南天地間」的杜甫，有着與昭君近似的處境與心境，報國無門，歸鄉無期，漂泊無依，只有夢魂能夠回去，抒情主人公與詩中人物高度融合，後人歌詠明妃之作不能及者在此。

# 「課兒」

外公豐子愷先生很重視子女的教育，而且親自給孩子們上課，這個課程，用外公的話說叫「課兒」，是豐家的「家學」傳統。豐家的孩子都要參加「課兒」，孩子們既是兄弟姐妹、舅甥，又是同學。年長的兒女還兼任 TA（助教），給年輕的孩子輔導。在桐鄉緣緣堂，在嘉興金明寺弄，在抗戰逃難路上，在富春江的船上，在桐廬、萍鄉、長沙，在桂林泮塘嶺，在貴州遵義浙大宿舍「星漢樓」，在重慶沙坪小屋，在杭州裏西湖靜江路 85 號，在上海陝西南路「日月樓」……「課兒」始終在進行。

我是豐家的長外孫，曾長期生活在外公身邊，直到十八歲考上北京大學物理系到北京讀書。我有幸親歷了外公家的「課兒」。「課兒」的特點是「養成教育」，外公的養成教育尤其重視對後輩「綜合素質」的培養。外公的文學修養非常厚重，他把中國古典文學作為「課兒」的第一必修課。上中學時我每週去外婆家，外公先讓我背上週學的古文詩詞，再教新課。詩詞一般每週教二十首左右，古文學一篇，由外公親授，取材很廣，包括《詩經》《蘇批孟子》《古文觀止》《古詩十九首》《古唐詩合解》《白香詞譜箋》等。從《古詩十九首》的「行行重行行」學到王勃《滕王閣序》的「落霞與孤鶩齊飛，秋水共長天一色」。

1952 年 5 月 14 日，外公寫了一封信給我，講到《古詩十九首》：

安凡[1]：後天（星期五）我和小娘姨兩人要到崇德[2]去，要下星期一二回上海。你們這星期天倘來此，我不在，《古詩十九首》不能讀。最好再下星期日來，把《十九首》背給我聽，我再替你上新詩。《十九首》中有許多字很難讀，難解說。現在我寫一張給你，可參考。《十九首》要多讀幾遍，要背得熟。[3]

當時我讀小學四年級，這是外公教我學詩詞留下最早的也是唯一的一封信，可惜外公寫給我的另一張紙（可能是註釋）找不到了。信雖不長，但「課兒」的許多理念都包含其中。

母親說，外公的「家學」有獨特的理念，學詩詞有時不問何人所寫，不拘泥出自哪個年代，也不必逐詞逐句地理解原文，所謂「好讀書不求甚解」，但要求讀過的詩詞全都背出來，長大了自然就明白了。這個見解許多人都不理解。我們初二的班主任、語文教師田穎就不認同，他問我聽誰說的？聽說是外公說的，田老師不說話了。

《古唐詩合解》中杜甫的幾首詩是「課兒」必選的教材。我手頭保留了外公當年「課兒」時用過的一本《古唐詩合解》，在杜甫詩《詠懷古跡》「羣山萬壑赴荊門」的頁眉上標有「8.3」，即外公授課日期為某年（可能是1956年）8月3日。在劉長卿的《過賈誼宅》「三年謫宦此棲遲」的頁眉上標有「8.17」，正好是兩週以後。我從小學四五年級起向外

---

1　「安凡」是我（作者）的小名。

2　現在的崇福縣，外公的故鄉。

3　豐子愷：《豐子愷全集19》，書信日記卷一，第5頁，海豚出版社，2016。

公學詩詞，到高中畢業，估計學了幾百首到一千首吧，其中也包括母親教我的詩詞以及後來自己學的詩詞。小娘舅學得更多，他說他能背出兩千首！

外公講課非常有特點，一面講解，一面畫示意圖。外公給我講杜甫的《詠懷古跡》五首中寫王昭君的詩：「羣山萬壑赴荊門，生長明妃尚有村。」外公說詩人不用「千山萬壑」而用「羣山萬壑」，「羣山」是「擬人化」，於是就畫了一些山，當時我怎麼看怎麼像是人，像是王昭君的家人、朋友在送別她。外公的畫「青山個個伸頭看，看我庵中吃苦茶」中表現的正是這樣的意境。

讀到「畫圖省識春風面，環佩空歸夜月魂」，外公又隨手畫了一位女子飄然而至的形象。外公問我，讀到這兩句，有沒有聽到昭君身上戴的佩飾的叮咚之聲？可惜外公的這些畫我未能留下來，但外公教我的這首詩卻永遠地記住了。

現在，這些詩詞古文已經成了我精神世界、感情世界的一部分，讓我欣賞、傷感、陶醉，使我的心融入這文學的境界之中。

# 故行宮

〔唐〕王　建

寥落①古行宮②，宮花寂寞紅。
白頭宮女在，閒坐說玄宗③。

## 註釋

① 寥落：寂寞冷落。

② 行宮：皇帝在京城以外的宮殿。

③ 玄宗：指唐玄宗，即唐明皇李隆基。

## 評述

　　這首詩的作者有爭議。《文苑英華》將之收在王建《溫泉宮》詩後，列為王建詩。王建（768-835），字仲初，潁川人，是中唐時的詩人。宋代洪邁編選的《萬首唐人絕句》，則認為該詩出自元稹《元氏長慶集》。如果是元稹所寫，那麼行宮應當是洛陽的上陽宮，寫作年代與白居易的《上陽白髮人》同時，在元和四年（809）。古人評論也說這首短小的五絕比《上陽白髮人》更含蓄而有餘味。這首詩二十個字，前三句描繪了一幅故行宮的畫卷：古宮寥落、宮花寂寞、宮女白頭，句句都有一個「宮」字，卻與昔日繁華的宮廷生活如隔天淵。明豔的宮花反襯宮女的白頭，以樂景寫哀情，倍增其哀愁幽怨的情緒。「白頭宮女在」的神髓是

「在」，作為資格最老的宮女，她歷經了從開元到天寶年間的滄桑巨變。如今皇帝不「在」了，而她還「在」。「閒坐說玄宗」，畫面感極強：老宮女與眾宮人圍坐說古道今，打發無聊的時光，慰藉寂寞的心境。清代詩人沈德潛甚至認為這首詩「已抵一篇《長恨歌》矣」。綜觀該詩，確實詞簡意豐，餘韻悠長。

# 從五言絕句學起

外公教我們學詩詞，總是從五言絕句學起。我記得王建的《故行宮》就是最早學的詩詞之一。在《漫畫藝術的欣賞》一文中，外公以唐詩中精彩的五言絕句來對比自己的漫畫：

古人云：「詩人言簡而意繁。」我覺得這句話可以拿來準繩我所歡喜的漫畫。我以為漫畫好比文學中的絕句，字數少而精，含義深而長。舉一例：

「寥落古行宮，宮花寂寞紅。白頭宮女在，閒坐說玄宗。」這二十個字，取得非常精采。凡是讀過歷史的人，讀了這二十個字都會感動。開元、天寶之盛，羅襪馬嵬之變，以及人世滄海桑田之慨，衰榮無定之悲，一時都湧起在讀者的心頭，使他嘗到藝術的美味。昔人謂五絕「如四十個賢人，着一個屠沽不得」。這話說得有理。不過拿屠沽來對照賢人，不免冤枉。難道做屠沽的皆非賢人？所以現在不妨改他一下，說五絕「如二十個賢人，着一個愚人不得」。

我們試來研究這首五絕中所取的材料，有幾樣物事。只有四樣：「行宮」「花」「宮女」和「玄宗」。不過加上形容：「寥落的」「古的」行宮，「寂寞地紅着的」宮花，「白頭的」宮女，「宮女閒坐談着的」玄宗。取材少而精，含義深而長，真可謂「言簡意繁」的適例。漫畫的取材與含義，正要同

這種詩一樣才好。胡適之先生論詩材的精采，說：「譬如把大樹的樹身鋸斷，懂植物學的人看了樹身的橫斷面，數了樹的年輪，便可知道樹的年紀。一人的生活，一國的歷史，一個社會的變遷，都有一個縱剖面和無數橫斷面。縱剖面須從頭看到尾才可看見全部。橫斷面截開一段，若截在緊要的所在，便可把這個橫斷面代表這一人，或這一國，或者這一個社會。這種可以代表全部分，便是我所謂最精采的。」我覺得這譬喻也可以拿來準繩我所歡喜的漫畫。漫畫的表現，正要同樹的橫斷面一樣才好。

外公的漫畫恰似唐詩中的絕句，「言簡而意繁」。外公教我寫生時曾說：「用寥寥數筆畫下最初所得的主要印象，最為可貴。漫畫之道，是用省筆法來迅速描寫靈感，彷彿莫泊桑的短篇小說。」外公的畫《買得晨雞共雞語》和《鑼鼓響》，正是「寥寥數筆，就栩栩如生」，又體現出「小中能見大、弦外有餘音」的風範。

買得晨雞
共雞語
常防不用
等閒啼
深山月黑
風雨夜
欲近曉天
啼一聲

子愷

# 章台柳

〔唐〕韓翃

章台柳①，章台柳，昔日青青今在否？
縱使長條似舊垂，也應攀折他人手。

## 註釋

① 章台：長安街名古稱。

## 評述

　　韓翃，生卒未詳，字君平，南陽（今屬河南）人。唐天寶年間（742-756）進士，少負才名，官至中書舍人，為「大曆十才子」之一。詩作題材多為送別之作，頗具影響。詩風清麗，又不乏雄渾之作。傳世有《韓君平詩集》。韓翃雖有才名，但生活窮苦，遊學長安，常與友人李生往來，李生有美姬柳氏，每以暇從牆壁縫隙偷窺韓宅，見他家徒四壁，但往來多名士。情不知所起，一往而深。柳氏與李生說韓翃的好，將來必定騰達。李生遂將柳氏贈與韓氏為妻，並贈其錢財。次年，韓氏應試及第，奈何多情人亦復多波折，兵亂使二人分別，柳氏削髮為尼，以避兵燹。後唐肅宗收復長安，韓翃各處尋找柳氏，以這首《章台柳》相贈。短句裏激蕩波折，發問、歎息，九曲迴腸。末句一語雙關，以柳條攀折人手喻柳氏命運之多舛。作品的文詞雖

不特奇，但因載運韓柳的愛情故事而流傳千古。相傳柳氏也有答詩：「楊柳枝，芳菲節，所恨年年贈離別。一葉隨風忽報秋，縱使君來豈堪折。」事具唐孟棨《本事詩》。

# 折柳

　　我的母親豐宛音（原名豐林先）是外公的二女兒，她從小生長在書香門第，古文詩詞也是外公親授。母親在聖約翰大學學過英文，中文和英文的功底都非常好。1949 年後長期任中學語文教員。我的詩詞古文大部分由外公親授，母親常常擔任 TA，也就是助教，輔導我深入學習外公講的課程。還有相當一部分詩詞古文是母親教我的，在家裏講課就很隨意，例如旅遊期間，飯後茶餘。我讀書有了問題常常去問母親，她回答後附帶講一點詩人詞客的逸聞軼事。

　　我非常喜歡外公畫中的垂柳。有一次讀到一首詞《章台柳》，不知是甚麼意思，就去問母親。她告訴我，《章台柳》是詞牌的名字，詞牌是表示曲調的，和詞的內容通常沒有關聯；但初期的詞，詞牌和內容又常常是一致的，尤其用這個曲調創作的第一首詞的題目，經常就成為詞牌，例如這首《章台柳》，其他的例子還有姜白石的《揚州慢》和張志和的《漁歌子》等。

　　《章台柳》講的是唐朝天寶年間，詩人韓翃在長安遊學，他的朋友李生有位愛姬柳氏，「豔絕一時，喜談謔，善謳詠」。當時韓翃才傾一時，風流倜儻，柳氏對韓翃漸生愛慕之情。李生遂慷慨將柳氏贈翃。第二年，韓翃果然考中進士，回老家省親，暫將柳氏留在長安。此時恰逢安史之亂，長安、洛陽兩京淪陷。為避兵禍，柳氏削髮為尼，寄居法靈寺。後來唐肅宗收復長安，韓翃便派人密訪柳氏，並寫贈了這首《章台柳》。柳氏看到這首詞，淚似雨下，寫了一首《楊柳枝》回贈韓翃：

> 楊柳枝，芳菲節。所恨年年贈離別。
> 一葉隨風忽報秋，縱使君來豈堪折！

　　表示自己已經入了空門，不能再回到塵世。母親說，中國人都喜歡大團圓，在《太平廣記·柳氏傳》中，也有說柳氏被番將強娶，歷經坎坷，最後唐肅宗賜婚，韓翃和柳氏破鏡重圓。

　　母親的故事大都是小時候聽外公說的。但她自己也常常看書，喜歡看「野史」，例如《唐宋傳奇集》《夜雨秋燈錄》《冷齋夜話》等。母親知道的故事很多，她的記性又好，我知道的許多故事是聽母親講的。

　　我記得京戲中丫頭往往名「秋香」，問母親這裏有甚麼典故。母親說，史上確有一位秋香。她姓林，秋香則是她的號，是官宦人家的獨女，父母視作掌上明珠。秋香自幼聰明伶俐，熟讀詩書，且酷愛書畫藝術，年未及笄，就長成了姿色嬌豔的窈窕淑女。可憐父母雙亡，她流落到金陵，因生活所迫，做了官妓。她美貌聰慧，豔冠一時，又熟讀詩書，深通琴棋書畫，為京城的書生士大夫傾慕。「五陵年少爭纏頭，一曲紅綃不知數。」秋香還向當時的文人畫家王元文學畫，筆墨清潤淡雅。後來，秋香脫籍從良（妓女嫁人）。有的舊相好來找她敘舊情，她在扇面上畫了垂柳，並題詩：

> 昔日章台舞細腰，任君攀折嫩枝條。
> 如今寫入丹青裏，不許東風再動搖。

　　意思是說當年的柳枝已經畫到畫中，不會再隨風飄搖任人攀折，委婉含蓄地謝絕了舊相好。此後章台就成了妓院的雅稱，秋香也就成了妓女的代名詞。又相傳這首詩的作者和唐寅

（唐伯虎）是同一時代人，為江南名妓林奴兒，曾在王府當丫鬟，被人叫做秋香，是「女中才子」。明代《畫史》中記載：「秋香學畫於史廷直、王元文二人，筆最清潤。」至於這位秋香是否是相傳的「唐伯虎點秋香」中的秋香，就無從考證了。母親還說，《敦煌曲子詞‧望江南》中一位青樓女子也曾以柳樹自喻：

> 莫攀我，攀我太心偏。我是曲江臨池柳，
> 這人折了那人攀，恩愛一時間。

看到我們議論丫鬟妓女的詩詞那麼熱鬧，父親在一旁說，還有許多丫頭叫「梅香」，又說我給你們出個謎語吧，謎面是：「梅香，泡茶！」「曉得，去泡哉！」（江浙的方言，意即：「知道了，我這就去沏茶！」）父親說打一句唐詩，我們怎麼也猜不出來。父親啟發我說：「梅花香了，是甚麼季節到了？」我說當然是春天到了，父親讓我接着往下想。「春到」開頭的詩首推張栻的《七絕》：

> 律回歲晚冰霜少，春到人間草木知。
> 便覺眼前生意滿，東風吹水綠參差。

父親笑着點頭，但我怎麼也無法把這句詩和謎面對上。父親說，梅香是「春到」，「茶」字的結構就是「人間草木」。丫頭的回答非常有意思：「曉得」就是「知」。謎面還多了一個「泡」字，而「去泡哉」正好刪掉了「泡」字，變成「春到人間草木知」，我們這才恍然大悟。這個謎語，也許只有錢君匋先生出的謎語「無邊落木蕭蕭下」（見後文《無邊落木蕭蕭下》）能與之媲美了。

# 漁歌子

〔唐〕張志和

西塞山前白鷺飛[①]，桃花流水鱖魚肥[②]。
青箬笠[③]，綠蓑衣[④]，斜風細雨不須歸。

## 註釋

① 西塞山前白鷺飛：陸遊《入蜀記》認為西塞山即興國軍大冶縣（今湖北黃石）之道士磯，「石壁數百尺，色正青，了無竅穴，而竹樹迸根，交絡其上，蒼翠可愛。自過小孤，臨江峯嶂，無出其右。磯一名西塞山，即玄真子《漁父辭》所謂『西塞山前白鷺飛』者。」《（萬曆）湖州府志》認為西塞山在浙江湖州。按《唐詩紀事》載張志和於唐肅宗時以事貶南浦尉，其兄鶴齡「恐其遁世，為築室越州（今浙江紹興）東郭」。西塞山當在湖州較為合理。白鷺，又名鷺鷥，羽毛白色，能涉水捕食魚蝦。

② 鱖（guì）魚：俗名花鯽魚，也稱「桂魚」。

③ 箬笠：雨具。箬竹葉或篾編製的笠帽。

④ 蓑衣：用草或棕製成的、披在身上的防雨用具。

**評 述** ·················································

　　張志和（732-774），初名龜齡，字子同，號玄真子，婺州（今浙江金華）人。唐肅宗時明經及第，官至南浦縣尉。妻、母相繼謝世，棄官而去，隱居於太湖一帶，沉醉漁樵。傳世有《漁歌子》詞五首。這首小令清新淡雅，讀來輕鬆愉悅。三兩白鷺在西塞山前掠過，春日桃花零落，隨水漂蕩。這時節，鱖魚正肥美。頭頂斗笠，身披蓑衣，垂釣斜風細雨中，還回甚麼家呀。白鷺、桃花、箬笠、蓑衣，顏色都偏淡，也是在襯這種清雅脫俗。且其中寫動，也是緩靜的狀態，白鷺、斜風、落花都是輕柔地動，頗有幽隱之意。

# 漁歌子

　　張志和的《漁歌子》曾選進了我們中學的語文課本。當時我在上海市復興中學讀書，語文教師是班主任田穎，講得非常好。不過讀了「青箬笠，綠蓑衣，斜風細雨不須歸」總覺得意猶未盡。週末和母親一起到外公家，議論起這首《漁歌子》。

　　外公說，自從張志和寫出了這首膾炙人口的《漁歌子》後，詩人詞客紛紛續寫、改寫，留下不少佳作。蘇東坡說玄真（張志和字玄真）的《漁歌子》描寫了寧靜、美麗的場景。東坡又加數語，將原詞改成了《浣溪紗》：

西塞山邊白鷺飛，散花洲外片帆微。桃花流水鱖魚肥。

自庇一身青箬笠，相隨到處綠蓑衣。斜風細雨不須歸。

　　母親說，黃庭堅對東坡的詞「擊節稱讚」（一面打着拍子唱，一面稱讚），但黃庭堅認為「散花」和「桃花」重了一個字，又說漁船很少使帆。於是黃庭堅又將張志和的詞和唐代顧況的一首小詞《漁父》「新婦磯邊月明，女兒浦口潮平，沙頭鷺宿魚驚」，合成了《浣溪紗》：

新婦灘頭眉黛愁。女兒浦口眼波秋。驚魚錯認月沉鈎。

青箬笠前無限事，綠蓑衣底一時休。斜風吹雨轉
船頭。

外公說：「蘇東坡為這首詞寫了『跋』，說黃庭堅的詞
『清新婉麗』，以山光水色替卻了女子的『玉膚花貌』，這
才是真正的漁家風範。但這位漁父剛出『新婦磯』，又進了
『女兒浦』，是不是太浪漫了？」可能黃庭堅晚年也覺得自
己的這首詞確實把漁父的浪漫寫得有點過頭，因此又做了
一首《鷓鴣天》：

西塞山前白鷺飛，桃花流水鱖魚肥。
朝廷尚問玄真子，何處如今更有詩？
青箬笠，綠蓑衣，斜風細雨不須歸。
人間欲避風波險[1]，一日風波十二時。

母親由「青箬笠前無限事，綠蓑衣底一時休」兩句，聯
想到人世永遠有悲歡離合，但只要「看破，放下」，就會到
「心平氣和、寧靜致遠」的境地。又說「人間欲避風波險，
一日風波十二時」寫盡了人間的歡喜、悲傷和機緣巧合，
這才是詩詞的最高境界！

外公又說，李後主在亡國以前是風流才子，一位文
人張文懿家中有一幅《春江釣叟圖》，上面有李後主的《漁
父詞》：

---

　1　亦作「人間底是無波處」。

浪花有意千重雪，桃李無言一隊春。
一壺酒，一竿綸，世上如儂有幾人。


外公畫的《世上如儂有幾人》，真個是「一壺酒，一竿
綸」。雖然外公從不垂釣，但他非常嚮往遠離塵世的隱居
生活。

# 虞美人·感舊

〔五代南唐〕李　煜

春花秋月<sup>①</sup>何時了，往事知多少。
小樓昨夜又東風<sup>②</sup>，故國不堪<sup>③</sup>回首月明中。
雕欄玉砌<sup>④</sup>應猶在，只是朱顏<sup>⑤</sup>改。
問君還<sup>⑥</sup>有幾多愁，恰似一江春水向東流。

**註 釋** ·····················

① 春花秋月：歲月更迭。

② 故國：指南唐。

③ 不堪：不能忍受。

④ 雕欄玉砌：雕刻着花紋的欄杆，精美玉石砌成的台階，借指南唐宮殿。

⑤ 朱顏：紅顏，代指南唐宮女。全句謂亭台猶在而人事變遷。

⑥ 還：或作「都」「能」。

**評 述** ·····················

　　李煜為五代時南唐國主，亡國後，被俘至汴京，北宋太宗太平興國三年（978）被毒死。其人仁孝，能書善畫，兼詩詞、文章，才華橫溢。其生平坎坷，詩詞也多淒苦。該詞即李煜在汴京時所作。舊傳李煜在「七夕」生日時命故

伎作樂，宋太宗聽後大怒，又讀到「小樓昨夜又東風，故國不堪回首月明中」，認為李煜不忘故國，於是下令將其毒死。詞人回首繁華往昔，苦痛難堪。夜裏聽得小樓上冷風簌簌作響，透過窗子，仍能望見明月。家國凋零，一個人如何能承受這些苦痛呢。小樓、故國，視野忽遠忽近，心情跌宕起伏，作者感懷故國，憂愁悲憤，自問自答，所出詞句多有翻新。尤其是將愁與東流的一江春水聯繫起來，成為傳頌千古的名句。以水喻愁，早在唐代，劉禹錫即有「水流無限似儂愁」句，李煜之後，又有秦觀化老杜句作「飛紅萬點愁如海」，終不如李後主奇苦鬱結的「一江春水向東流」。

# 母親的《白香詞譜》手抄本

　　《白香詞譜》是清代嘉慶年間舒夢蘭編選的歷代詞選，在清代中葉成書後，屢有翻刻。到同治年間，又有南海人謝朝徵為本書作箋，收集了詞作者和朋友間的詩詞唱和、逸聞軼事，以及詞話、詞評等，受到廣大讀者的歡迎。

　　母親手頭有一本複寫的詞集，記錄了大部分《白香詞譜》正文以及「箋」中收集的好詞。母親說過，抗戰逃難期間老家「緣緣堂」的書絕大部分毀於戰火，這是外公根據自己的記憶給兒女講課的講稿，由家裏的女孩子們複寫，字跡非常娟秀。外公曾說過，在桂林師範講課期間，「上午十時下課後，即有連續三天之空閒。歸途入某書鋪，見有石印《白香詞譜箋》，索價法幣一元二角，終以一元購得之。憶承平時，諸兒買此書課外閱讀，但費五六角耳。歸寓翻閱，如見故人。錯字雖多，然因熟習，見魯豕知其為魯亥，亦無妨也」[1]。

　　後來外公基本上按照這本手抄本給我講授唐宋詞，母親就當助教。歷經十年動亂，可惜這本珍貴的手抄本找不到了。

　　在眾多詞人中，外公對李後主的詞非常推崇。外公說詞家有「三李」：李煜、李清照、李叔同。（沈謙所謂的「詞家三李」，指的是李白、李後主和李清照。）外公教過我多首李後主的詞，後來母親接着教，如：

---

1　豐子愷：《教師日記》（1939年5月6日），見豐陳寶，豐一吟編：《豐子愷文集》（文學卷三），第138頁，浙江文藝出版社，浙江教育出版社，1992。

四十年來家國，三千里地山河。

幾曾識干戈。（《破陣子》）

母親和小姨她們都這麼讀，我也這麼背。多年後我覺得《破陣子》的調式似乎缺了點甚麼，查了《全唐詩》《花草粹編》，才發現少了兩句「鳳閣龍樓連霄漢，玉樹瓊枝作煙蘿」，原來《白香詞譜箋》是從《東坡志林》中轉引的，漏了兩句，於是我們全家都少背了兩句。原詞應是：

四十年來家國，三千里地山河。鳳閣龍樓連霄漢，

玉樹瓊枝作煙蘿，幾曾識干戈？

一旦歸為臣虜，沈腰潘鬢消磨。最是倉皇辭廟日，

教坊猶奏別離歌，垂淚對宮娥。

外公說，李後主在位時的詞只寫宮廷生活，和后妃們的卿卿我我：「繡牀斜憑嬌無那。」「片紅休掃盡從伊，留待舞人歸。」但亡國後，國破家亡，嬪妾散落，李後主的詞風一變，可謂「國家不幸詩家幸，話到滄桑語始工」，意思是說，李後主的南唐滅亡了，卻催生了一位詞客大家，是詩詞界大幸。

李後主寫詞就像日常對話，卻「一字一珠」，寫出了意境極為高遠、感情極為悲涼的句子，達到唐宋詞的藝術高峯。西施、王嬙（昭君）之美，在於「淡抹濃妝總相宜」，而李後主亡國後的詞之美，則是「粗服亂頭，不掩國色」。他的《烏夜啼》：

林花謝了春紅，太匆匆，無奈朝來寒雨晚來風。

胭脂淚，相留醉，幾時重？自是人生長恨水長東。

《白香詞譜箋》評價這首詞「最為淒婉」，「亡國之音哀以思也」。李後主是「風流才子，誤作人主」，他是一位優秀非凡的詩人詞客，但卻是一位失敗的帝王。李後主在亡國後寫下「一旦歸為臣虜，沈腰潘鬢消磨」「剪不斷，理還亂，是離愁」「問君能有幾多愁？恰似一江春水向東流」這樣的哀音，招來了宋太宗御賜的「牽機藥」（可能是一類神經毒藥）。可歎一代才子，風流帝王，一命而亡。

# 荊州亭·簾捲曲欄獨倚<sup>①</sup>

〔北宋〕吳城小龍女

簾捲曲欄獨倚，江展暮天無際。<sup>②</sup><sup>③</sup>
淚眼不曾晴，家在吳頭楚尾。<sup>④</sup>
數點雪花亂委，撲鹿沙鷗驚起。<sup>⑤</sup><sup>⑥</sup>
詩句欲成時，沒入蒼煙叢裏。<sup>⑦</sup>

## 註釋

① 按一作「清平樂令·題柱」，又題「江亭怨」，今依《白香詞譜箋》題作《荊州亭》。

② 江展：江，一作「山」。

③ 暮天：傍晚的天空。

④ 吳頭楚尾：古豫章（今江西省）一帶，位於春秋吳的上游，楚的下游，故稱。

⑤ 委：拋棄、掉落。這句是說，江水擊起的泡沫像雪花一樣星星點點地亂落下來。

⑥ 撲鹿：也作「撲漉」，象聲詞，摹狀拍翅聲。

⑦ 蒼煙：蒼茫的雲霧。

## 評述

　　宋代黃庭堅自黔安出峽登荊州江亭，偶見柱上題有這首詞，感慨繫之，疑為女鬼所作。夜裏又夢女子向其哭

訴，自稱是豫章吳城人，來此乘舟遊玩時，不慎溺水而亡。逡巡不能歸鄉，偶登江亭，感慨萬端，於是就寫了這首詞。黃庭堅因此斷定這首詞必定是吳城小龍女所寫。這段故事見載於《冷齋夜話》諸書。女鬼的故事當然不足為信，有可能是小說家假託女鬼之名賦詩；也有可能先有亭柱上的題詩，後人根據詞意，附會上女鬼的故事。如果不把這首詞看成是一首「鬼詞」，即使當作是一首懷鄉之作，也屬上乘。通觀全詞，「淚眼不曾晴」最為挺秀，傳遞出的真情實感頗能引人共鳴。詞人獨自倚靠欄杆，疏簾捲起，江天隱現在暮色中，想起遠在豫章的家鄉，淚眼婆娑。江水擊起的浮沫像雪花似的撲簌簌落下。心底即將泛起的詩句，卻掉進蒼茫的江煙中，再尋不見。

# 夜深載得月明歸

1975 年 7 月 5 日，外公在寫給友人潘文彥的信中說：「我近讀《白香詞譜》，愛其『箋』。箋中有許多可愛的作品。」[1] 這就是為甚麼外公選擇《白香詞譜箋》作為「課兒」的教本，很重要的原因是因為書中「箋」的部分有很多美妙的故事。

小時候我每週六去外公家，臨睡前躺在牀上，外公常常給我們講故事，取材很廣，如《三國演義》《東周列國志》《說岳全傳》《楊家將演義》《聊齋》《子不語》，等等，當然也少不了《白香詞譜箋》中記載的與詩詞有關的故事。下面這個源自《異聞總錄》的故事，就記載於《白香詞譜箋》。

有一次外公講到宋朝的著名詞客黃庭堅遊荊州亭，看到柱子上有一首詩，其中有一句「淚眼不曾晴」，疑為女鬼所作。當夜夢見一女子，訴說自己乘船到荊江，不幸溺水而亡，亡故後寫了一首詩在亭柱上，多少遊客見過，只有先生您看明白了。說畢長長地作揖，倏然而逝。黃庭堅醒來後想，託夢給我的一定是小龍女。

多年後，有一位年輕書生朱景文負責吳城龍王廟的修葺。他非常敬業嚴謹，重塑龍女雕像時，要求工匠務必塑造得與壁畫上的神女神似，幾次三番返工重塑，龍女的雕像果然「明麗豔冶」、栩栩如生。朱生覺得《荊州亭》詩語意凄婉，絕非常人的詩作，於是他題寫了一首《玉樓春》於壁上：

---

1　豐子愷：《致潘文彥、羅芬芬（信）》，見《豐子愷全集 20》（書信日記卷二），第221頁，海豚出版社，2014。

> 玉階瓊室冰壺帳，憑地水晶簾不上。
> 兒家住處隔紅塵，雲氣悠揚風淡蕩。
> 有時閒把蘭舟放，霧鬢風鬟乘翠浪。
> 夜深滿載月明歸，劃破琉璃千萬丈。

　　當夜朱公子夢見一隊豪華的儀仗簇擁着一輛車來了，內中有一位美女，使者報龍女來訪。下車後女子與朱生像情侶般「宴飲寢昵」。龍女言談瀟灑，鳳儀穆然。臨別時對朱生說：「君想必不記得疇昔之事了，君的前生是南海廣利王的幼子，因行遊江湖，成了我家的女婿，妾身其實是你的愛妻。今生你在冥冥之中並未完全忘卻前世姻緣，來荊州續前緣，但願來世復諧佳偶。君寫下的《玉樓春》令我感慨不已，永志不忘。」說完悵別，朱生不忍，用手拉住龍女，龍女掙脫而去。朱生醒來後，手上還留有女孩子的餘香。他努力回憶夢境，記錄下這段故事傳世。

　　外公的《夜深滿載月明歸，劃破琉璃千萬丈》畫的是杭州西湖，背景為保俶塔，此畫與小龍女的故事完全沒有聯繫。1943 年外公在重慶文光書店出版《畫中有詩》一書的自序中說：「余讀古人詩，常覺其中佳句，似為現代人生寫照，或竟為我代言。蓋詩言情，千古不變；故為詩千古常新。此即所謂不朽之作也。余每遇不朽之句，諷詠之不足，輒譯之為畫。不問唐宋人句，概用現代表現。」

　　用唐宋詩人詞客的名句，反映現代生活，正是子愷漫畫能歷久彌新的原因。

# 聲聲慢·秋情

〔北宋〕李清照

尋尋覓覓，冷冷清清，淒淒慘慘戚戚。

乍暖還寒①時候，最難將息②。

三杯兩盞淡酒，怎敵他晚來風急！

雁過也，正傷心，卻是舊時相識。


滿地黃花③堆積，憔悴損，如今有誰堪摘？

守着窗兒，獨自怎生④得黑！

梧桐更兼細雨，到黃昏，點點滴滴。

這次第⑤，怎一個愁字了得！


**註 釋** · · · · · · · · · · · · · · · · · · · · · · · · · · · · · · · · · · · · · · ·

① 乍暖還寒：冷熱不定。

② 將息：休息。

③ 黃花：菊花。

④ 怎生：猶怎樣，如何。

⑤ 次第：情形，境況。

## 評述

　　這首詞作於作者丈夫去世以後，詞人煢煢孑立，形影相弔，吐字拈句，自然多些淒涼籠聚。「尋尋覓覓，冷冷清清，淒淒慘慘戚戚」，疊字起句，出奇制勝，前無古人後無來者，讀來，音律如大珠小珠落玉盤，時頓時促，淒楚遂生其間。後人有評云：「易安此詞首起十四疊字，超然筆墨蹊徑之外。豈特閨幃，士林中不多見也」。冬末春初，冷熱不定，作者嬌弱，又喜飲酒，刺骨寒風一過，悲愴加劇。傷心中，舊時經眼粘情之物，如這大雁，竟也平白無故增添了不少愁緒。石街上，黃花鋪滿厚厚一層，也無人再有心緒去摘這花了。不知不覺，自己一個人就在窗前倚了一整天，外面的天好黑啊。細雨敲打梧桐，叮咚到黃昏，更添些苦楚。一個愁字，恐怕也載不動這些複雜的情緒了。梁啟超批點此詞：「最得咽字訣，清真不及也；又，這首詞寫從早到晚一天的實感。那種煢獨淒惶的景況，非本人不能領略，所以一字一淚，都是咬着牙嚥下。」這首詞其實是作者家國情懷交織的愁緒，一方面丈夫去世，孤單淒涼，一方面戰事頗多，南宋朝廷苟且無為，心頭縈繞顛沛流離之痛，國破家亡，時光流逝，無可奈何，徒然歎息而已。

# 巾幗壓倒鬚眉

李清照是我們全家最喜歡的女詞客。外公說李清照的詞有兩個特點：第一是儘量用大家都熟悉的平常的詞語，寫出詞壇最動人的句子，所謂「以尋常語，度入音律。煉句精巧則易，平淡入調者難」；第二是「協律」，意思是說平仄、音律均好。大家都喜歡讀李後主、范仲淹、溫庭筠、晏殊、晏幾道、蘇東坡、秦觀、李清照、陸遊、蔣捷、朱淑真、薩都拉的詞，一個重要的原因就是好懂、上口。

外公說前人對李清照的評價非常高，說她的詞「如巧匠運斤，毫無痕跡」，還說「不徒俯視巾幗，直欲壓倒鬚眉」。意思是說，她的詞比許多男詞客的還要好。

我們在家裏常議論李清照的詞。李清照早年的詞生動、細膩，繪聲繪色地描述離恨別情。但靖康之變、中原淪陷後，李清照的丈夫趙明誠在建康（今江蘇南京）去世，書畫、金石等珍貴藏品在顛沛流離中散失殆盡，李清照的詞風大變。正如清初詞客朱彝尊所說：「世人言詞，必稱北宋，然詞至南宋始極其工，至宋季始覺其變。」南渡後的詞客深刻地描寫了國破家亡的悲劇，抒發了憂國憂民的情懷。故一些詞客稱他們前期的詞為「江北舊詞」，稱南渡後的詞為「江南新詞」。

母親是語文教師，她的古文根底非常好，她最欣賞李清照的《聲聲慢》，曾經深入地分析給我聽。她說，李清照用一連串的疊句，讓讀者、聽者「屏息凝神」，跟着女詞人一同進入她那思念故人、思念故鄉的內心世界：「三杯兩盞淡酒，怎敵他晚來風急！雁過也，正傷心，卻是舊時相

識。」下闋寫：「滿地黃花堆積，憔悴損，如今有誰堪摘？守着窗兒，獨自怎生得黑？」真個如怨如慕、似泣似訴。母親還說，「黑」字不許第二人用，意思是說「黑」字用絕了，這首《聲聲慢》寫絕了，讀到此處，令人「掩卷改容，不忍卒讀」。

「尋尋覓覓，冷冷清清，淒淒慘慘戚戚。」外公說，李清照居然一口氣寫出十四字的疊句，後面又用疊句「到黃昏，點點滴滴」，可謂前無古人後無來者。詩中用字的重複，增加了詩的音樂的要素，即增加讀者沉重的美的感覺。

外公還很喜歡的李清照的一首詞是《武陵春》：

> 風住塵香花已盡，日晚倦梳頭。
> 物是人非事事休，欲語淚先流。
> 聞說雙溪春尚好，也擬泛輕舟。
> 只恐雙溪舴艋舟，載不動、許多愁。

他最欣賞這句「只恐雙溪舴艋舟，載不動、許多愁」，曾有《西湖舴艋舟，載得許多愁》的畫作，而且一直希望能到金華去看看雙溪。三百多年前，金華的豐氏有一支輾轉到了外公的故鄉桐鄉定居，桐鄉其實是豐家的第二故鄉，金華才是外公家的第一故鄉。抗戰逃難初期，外公也曾想過到金華去避難，想像那裏是沒有戰火的「世外桃源」。但直到 1962 年外公 64 歲，才有機會和外婆、小姨遊金華雙溪、雙龍洞，圓了他回金華老家的夙願。

# 如夢令‧昨夜雨疏風驟

〔北宋〕李清照

昨夜雨疏風驟，濃睡不消殘酒。①

試問捲簾人，卻道海棠依舊。

知否？知否？應是綠肥紅瘦。②

## 註 釋

① 濃睡：沉睡，酣睡。

② 綠肥紅瘦：綠葉繁茂，紅花凋謝。

## 評 述

　　這首小令為作者早期作品。三兩筆即勾勒出少女傷春的淡淡愁緒。也不知昨夜的雨如何稀疏，混沌中只聽見風著急地撲打窗櫺，即便如此酣睡，那飲過的三杯兩盞淡酒酒意仍未消退。作者抬頭看到捲簾侍女，隨口問了句：院子裏的海棠怎麼樣了呀？侍女回答還是那樣，於是作者說你知道嗎？知道嗎？你問的院裏那海棠，早已紅花凋零，雨把那綠葉刷洗得肥厚奪人眼目。「綠肥紅瘦」這簡單的四個字穿越千年，贏得無數文人歎賞。清人黃蘇《蓼園詞評》曾評說：「『綠肥紅瘦』，無限淒婉，卻又妙在含蓄，短幅中藏無限曲折，自是聖於詞者。」可謂精準點出了這首小令的精妙之處。以肥、瘦二字摹狀雨後海棠，宛如一幅小的

水墨斗方，何其妙想！短幅蘊藏無限曲折，這曲折是作者內心敏感與眼前所見的複雜交織，擠在一個小的時空裏，越發蘊藉出無限感慨，惆悵滿腔。

46

# 綠肥紅瘦

　　李清照的《如夢令》也是母親很喜愛的。母親告訴我，李清照家是書香門第，嫁給趙明誠後夫妻唱和，十分恩愛。趙明誠是收藏家兼金石專家，但李清照填詞的水平遠在趙明誠之上。婚後趙明誠常常「負笈遠遊」，於是夫妻二人只能鴻雁傳書，寫信填詞寄託思念。有一次李清照寫了《醉花陰》，寄給趙明誠：

　　　　薄霧濃雲愁永晝，瑞腦銷金獸。
　　　　佳節又重陽，玉枕紗廚，半夜涼初透。

　　　　東籬把酒黃昏後，有暗香盈袖。
　　　　莫道不銷魂，簾捲西風，人比黃花瘦。

　　趙明誠不甘心，花了三天時間，廢寢忘食，填了十五首《醉花陰》，和妻子李清照的詞混在一起交給北宋的名士陸德夫。陸德夫再三欣賞後，說只有「莫道不銷魂，簾捲西風，人比黃花瘦」這三句絕佳，趙明誠只能自愧不如了。

　　外公曾在《文學的寫生》一文中說：

　　　　大自然有情化是藝術的觀照上很重要的一事，畫家與詩人的觀察自然，都取有情化的態度。「畫家能與自然對話」，就是說畫家能把宇宙間的物象看作有生命的活物或有意識的人，故能深解自然的情趣，彷彿和自然談晤了。

中國畫法上注重「氣韻生動」，一草一木，必求表現其神韻，也即是「擬人化」。而許多詩詞則是「文學的寫生」，以易安詞「應是綠肥紅瘦」為最典型。

外公說：「花樹是植物的精英，表情最為豐富，故最易看作各種人物的表象。」例如：

> 袁桃一樹近前池，似惜紅顏鏡中老。（温庭筠）
> 依舊，依舊，人與綠楊俱瘦。　　　（秦觀）

花樹原來有知、有情，能哭能笑，有愁有恨。例如：

> 無情最是台城柳，依舊煙籠十里堤。　（韋莊）
> 有情芍藥含春淚，無力薔薇臥曉枝。　（秦觀）
> 感時花濺淚。　　　　　　　　　　（杜甫）
> 桃花依舊笑春風。　　　　　　　　（崔護）
> 丁香暗結雨中愁。　　　　（南唐中主李璟）

詞客還常把鳥當作理解人情之動物，人愁苦時鳥聲亦愁，人興闌時鳥聲便緩。例如：

> 眠沙鷗鷺不回頭，似也恨、人歸早。（李清照）
> 隔花啼鳥喚行人。　　　　　　　（歐陽修）

外公說，在詞客眼中，太陽、山水，也被當作人看，例如李清照的《怨王孫》：「水光山色與人親。」

母親說，小李杜（李商隱、杜牧）的詩，小晏（晏幾道）的短令，把自然的「有情化」推向了極致：

蠟燭有心還惜別，替人垂淚到天明。 （杜牧）

春蠶到死絲方盡，蠟炬成灰淚始乾。（李商隱）

紅燭自憐無好計，夜寒空替人垂淚。（晏幾道）

# 朝中措·送劉仲原甫出守維揚①②

〔北宋〕歐陽修

平山③闌檻④倚晴空，山色有無中⑤。

手種堂前垂柳，別來幾度春風。

文章太守⑥，揮毫萬字，一飲千鍾⑦。

行樂直須年少，尊前看取衰翁⑧。

**註 釋** ·········································································

① 劉仲原甫：劉敞，字原甫，「仲」為行二，北宋仁宗嘉祐
年間出知揚州。

② 維揚：揚州別稱。

③ 平山：平山堂，為歐陽修出守揚州時所修。在堂上，江
南山巒，盡收眼底，與堂齊平，因此得名。

④ 闌檻：欄杆。

⑤ 山色有無中：原句出唐·王維《漢江臨泛》：「江流天地
外，山色有無中。」

⑥ 太守：官名。秦置郡守，漢景帝時改名太守，宋以後改
郡為府或州，以太守為知府、知州別稱。

⑦ 千鍾：千杯。形容酒量極大。

⑧ 尊：酒樽，指筵席上。

**評述** ...................................

　　歐陽修出任揚州時，曾修建平山堂，故址在今江蘇揚州市西北瘦西湖北蜀崗上。此詞為歐陽修送好友劉敞出守揚州而作。自古送別多悲惋，歐陽公此作一反常態，淡然敍說，以欄杆、晴空、山色、垂柳在平山堂這一空間中構造的獨特觀察視角，抒發其靜雅的人生態度。詞中「揮毫萬字，一飲千鍾，行樂直須年少」，讓人很容易想起杜甫的「白日放歌須縱酒，青春作伴好還鄉」「人生得意須盡歡，莫使金樽空對月」那些美麗瀟脫的句子。但從唐詩到宋詞，雍容華貴、狂放狷介轉而收斂、含蓄、優雅。這首詞上闋還直接拈了王維《漢江臨泛》「江流天地外，山色有無中」後半句過來，頗能中和下闋的狂味。這一點早已為稍後的陸遊注意，陸遊指出權德輿《晚渡揚子江詩》中「遠岫有無中，片帆煙水上」已借用王維語，至歐陽修已三度使用，不過歐詞的「別來幾度春風」更能代表宋人的優雅。整首詞從平山堂景色切入，堂前垂柳，風中招搖，如荏苒之時光在回憶的大海裏泛起漣漪。千鍾美酒，下筆萬言。你看呀，你看那杯盞後的白髮，多麼驚人。年輕人，讓我們狂歌痛飲，多留住一些快樂的時光吧。

朝中措　歐陽修

平山闌檻倚晴空　山色有無中　手種堂前
楊柳別來幾度春風　文章太守揮毫
萬字一飲千鐘　行樂直須年少看取衰翁

# 平山堂和「文章太守」

讀中學時，外公教我歐陽修的《朝中措・送劉仲原甫出守維揚》和蘇東坡的《西江月》（三過平山堂下）。北宋時，著名的政治家歐陽修由於支持范仲淹的新政而被貶到揚州當太守，政事之餘，喜愛蜀崗之上可以極目千里，就在此修平山堂，在此與賓朋飲酒、邀妓、寫詩、填詞以寄情山水，並寫下了著名的《朝中措》。

歐陽修是「唐宋八大家」之一，自稱「文章太守」，是當之無愧的。他當時不過五十多歲，就自比「衰翁」。據記載，歐陽修在平山堂前種下一株楊柳，後人稱為「歐公柳」。十年後，歐公去世了，他的弟子、同為「唐宋八大家」的蘇東坡繼任為太守。宋仁宗嘉祐二年歐陽修任主考官，看到蘇軾的文章，十分賞識，認為是奇才，並且說「老夫亦須放他出一頭地」，這年蘇軾考中進士。此後，蘇軾對歐陽修一直非常敬重。十餘年後蘇東坡到揚州，他的老師歐陽修已經去世。東坡曾有詞「識得醉翁語，山色有無中」，還寫下了著名的《西江月》紀念他的老師：

> 三過平山堂下，半生彈指聲中。
> 十年不見老仙翁，壁上龍蛇飛動。
>
> 欲弔文章太守，仍歌楊柳春風。
> 休言萬事轉頭空，未轉頭時皆夢。

高中畢業五十年後，我偕妻子王麗君和大學同學盧

53

遷、梅婭夫婦同遊揚州瘦西湖和大明寺。大明寺與其他寺廟沒有區別，遊人甚多，而旁邊的平山堂，遊人就寥寥無幾。只見正門上方書有「平山堂」三個大字，另一牌匾額「風流宛在」，讓人回憶起歐公當年的風流韻事。平山堂上的匾額「遠山來與此堂平」，則形象又含蓄地描述了平山堂的含義。不過今天從平山堂望出去，揚州城裏都是高樓；向長江方向望去，儀征化纖廠上空則煙靄紛紛，不知是薄霧還是空氣污染，江南鎮江的焦山、金山幾乎看不清，更談不上「遠山來與此堂平」了。堂前也不見「歐公柳」。我到處尋找歐詞和蘇詞，平山堂內外石碑不少，但怎麼也找不到這兩首詞。麗君的興趣本不在此，盧遷幫我找了一圈，大家都失望地下山了。我若有所失，重新上山到平山堂，功夫不負有心人，終於在一個角落裏發現「三過平山堂下」的碑刻，總算不虛此行了。

# 賀新郎‧別茂嘉十二弟

〔南宋〕辛棄疾

綠樹聽鵜鴃<sup>①</sup>，更那堪、鷓鴣聲住<sup>②</sup>，杜鵑聲<sup>③</sup>切。啼到春歸無尋處，苦恨芳菲都歇。算未抵、人間離別。馬上琵琶<sup>④</sup>關塞黑。更長門、翠輦辭金闕<sup>⑤</sup>。看燕燕<sup>⑥</sup>，送歸妾。

將軍百戰身名裂<sup>⑧</sup>。向河梁<sup>⑨</sup>、回頭萬里，故人長絕。易水蕭蕭西風冷<sup>⑩</sup>，滿座衣冠似雪<sup>⑪</sup>。正壯士、悲歌未徹。啼鳥還知如許恨<sup>⑫</sup>，料不啼清淚長啼血<sup>⑬</sup>，誰共我，醉明月。

**註釋**

① 鵜鴃（tí jué）：一作「鶗鴃」，鳥名。《離騷》有「恐鵜鴃之先鳴兮，使夫百草為之不芳」。

② 鷓鴣：鳥名。古人常諧其鳴聲為「行不得也哥哥」，多用以表達思念故鄉。

③ 杜鵑：鳥名。傳說古蜀王杜宇之魂所化。春末夏初，常晝夜啼鳴，叫聲哀切。

④ 馬上琵琶：王昭君遠嫁匈奴，臨行時，元帝令其在馬上彈琵琶為樂，以解路上思念家國的愁緒。

⑤ 長門：漢武帝陳皇后失寵後，辭別漢闕，幽閉長門宮。後以「長門」借指失寵女子居住的寂寥凄清的宮院。

⑥ 翠輦辭金闕：翠輦，裝飾了翠羽的帝王車駕。金闕，皇帝居住的宮殿。化用王昭君出嫁匈奴、離漢宮典。

⑦ 「看燕燕」句：《詩經‧邶風》中有《燕燕》一詩，相傳為莊姜送別戴媯時所作。春秋時，衛莊公的妻子莊姜，無子，莊公妾戴媯生子完，莊公去世後，完繼位，不久被殺，戴媯只好離開衛國。

⑧ 「將軍」句：化用漢李陵舊典。李陵抗擊匈奴，勢力衰敗，投降敵方。「身名裂」一作「聲名烈」。

⑨ 河梁：舊題李陵《與蘇武》詩有「攜手上河梁，遊子暮何之」句，後多以「河梁」代指送別之地。其友人蘇武出使匈奴，淹留十九年之久，卻大義凜然，威武不屈。

⑩ 「易水」句：易水，水名。在今河北西部，源出易縣，入南拒馬河。此句化用荊軻刺秦王典，戰國時，易水邊，燕太子丹送荊軻入秦行刺秦王。

⑪ 滿座衣冠似雪：太子及賓客知道荊軻要去刺殺秦王，都穿上白衣，戴上白帽，給荊軻送別。

⑫ 啼鳥：相傳蜀王杜宇（望帝）失國以後，其魂化為杜鵑，悲鳴出血，聲類「不如歸去」。

⑬ 如許：這些，這麼多。

**評述** ·········

據張惠言《詞選》，該詞為作者送別因罪貶謫的族弟茂嘉所作。據學者考證，茂嘉應即劉過《沁園春‧送幼安弟赴桂林官》中赴桂林的弟弟，詞中另有「入幕來南，籌邊

如北」句，與該詞用典相合。全詞化用送別三典，望帝杜鵑、壯士送別等典故，浮蕩古今舊事。這七個典故不僅都與送別有關，且都屬「怨事」，其中涉及的人、事都是政治鬥爭中的失敗者或犧牲品，但他們都有人格魅力，因此在

乃大驚，問所從來，具答之。便要還家，設酒殺雞作食。村中聞有此人，咸來問訊。自云先世避秦時亂，率妻子邑人來此絕境，不復出焉，遂與外人間隔。問今是何世，乃不知有漢，無論魏晉。此人一一為具言所聞，皆歎惋。餘人各復延至其家，皆出酒食。停數日，辭去。此中人語云：不足為外人道也。既出，得其船，便扶向路，處處誌之。及郡下，詣太守，說如此。太守即遣人隨其往，尋向所誌，遂迷，不復得路。南陽劉子驥，高尚士也，聞之，欣然規往，未果，尋病終。後遂無問津者。

歷史上留下了聲名。作者辛棄疾也是這樣的「失敗者」，故由此發出許多感慨。陳廷焯《白雨齋詞話》評此詞「沉鬱蒼涼，跳躍動蕩，古今無此筆力」。

桃花源記
晉太原中武陵人捕魚為業。沿溪行忘路之遠近。忽逢桃花林夾岸數百步。中無雜樹芳草鮮美落英繽紛。漁人甚異之。復前行欲窮其林。林盡水源便得一山。山有小口彷彿若有光。便捨船從口入。初極狹纔通人復行數十步豁然開朗。土地平曠屋舍儼然有良田美池桑竹之屬阡陌交通雞犬相聞其中往來種作男女衣著悉如外人黃髮垂髫並怡然自樂見漁人

# 壯別詩

　　那年外公教我辛棄疾的《賀新郎》「易水蕭蕭西風冷，滿座衣冠似雪」，當時我父親也在。外公就和我們議論燕太子丹和高漸離易水送別劍客、荊軻刺秦王的悲壯往事：「風蕭蕭兮易水寒，壯士一去兮不復還。」（司馬遷《史記·刺客列傳》）。父親提起駱賓王的《於易水送人》詩：

> 此地別燕丹，壯士髮衝冠。
> 昔時人已沒，今日水猶寒。

　　對荊軻的慷慨悲歌、感傷別離，後人也有別議，覺得荊軻、高漸離他們未免過於細膩纏綿。外公說：「士為知己者死，女為悅己者容。」隨手在走廊的小黑板上寫下：

> 勇死尋常事，輕讎不足論。
> 翻嫌易水上，細碎動離魂。

　　這是齊己《劍客》詩的後四句，前四句為「拔劍繞殘樽，歌終便出門。西風滿天雪，何處報人恩」。外公的粉筆書法猶如行雲流水，舒捲自如，令我印象殊深。

　　1942 年，外公曾手書辛棄疾這首《賀新郎》，個別詞句與通行本稍有不同，「鵜鴂」「更那堪」以下二句及「啼鳥還知」句與《白香詞譜箋》卷三所引相同，分別作「鶗鴂」「杜鵑聲住，鷓鴣聲切」「啼鳥還如知此恨」。「滿座衣冠似雪」句，外公書為「如雪」，蓋記憶偶疏。

外公的好朋友、與豐子愷先生同時代的美學家朱光潛先生曾說：「書畫在中國本來有同源之說。子愷在書法上下過很久的工夫。他近來告訴我，他在習章草，每遇在畫方面長進停滯時，他便寫字，寫了一些時候之後，再丟開來作畫，發現畫就長進。講書法的人都知道筆力須經過一番艱苦訓練才能沉着穩重，墨才能入紙，字掛起來看時才顯得生動而堅實……」[1]

外公寫字還有一個特點：朋友求一幅字，一般是一首詩詞，例如辛稼軒的《賀新郎》，外公在心中估計一下字數，裁一張宣紙，從上到下打量一下，然後喝一口酒，一口氣寫下來，總是在最後留下一行或兩行題款，一行不多，一行不少。我曾用統計的方法測算外公書法《桃花源記》的行距，發現行距幾乎完全相同，彷彿外公在心中建立了一個虛擬的坐標系。

外公年輕時曾練過魏碑，打下了深厚的基礎。小姨豐一吟曾對我說：第一個字要大，可以壓得住這一篇；每行的頭一個字也要大一點，可以壓住一行；上面要對齊，下面允許參差不齊，稱為「多樣的統一」。首先章法要好，寧可個別字差一點。但外公的書法，從章法到每個字都寫得極好。

小姨說：「提起父親的書法，必然要提到李叔同先生。教導他音樂、繪畫、書法、詩詞、文章、外語，等等，正是這位品德高尚、才藝卓著的李叔同先生。」又說李叔同即弘一法師的書法爐火純青，而豐子愷畢竟只是個居士，他一生熱心於藝術教育和藝術理論。他性喜陶淵明的清

---

1 朱光潛：《豐子愷先生的人品與畫品》，原載《中學生》，66 期，1943。

高，又愛好白居易的通俗。用蘇東坡的「端莊雜流麗，剛健含婀娜」來評論外公的書法最為貼切。[2]

　　陳從周先生在《豐子愷墨跡》一書的序言中說：「豐子愷先生的父親斛泉先生是舉人，又受弘一法師的熏陶，以及馬一浮、張宗祥諸前輩的交往感染，他的書法，如行雲流水，舒捲自如，秀韻天成。大幅小幅，手稿書札，就像風行水上，搖漾生姿，都彷彿我們造園學上所說『因地制宜』『隨意安排』。我愛豐先生的書法，從書法中油然而產生對豐先生一切的景仰。」[3]

---

2　豐一吟：《豐子愷書法》編後記，四川美術出版社，1988。

3　陳從周：《豐子愷墨跡》序，西泠印社出版社，2008。

# 滿江紅·金陵懷古

〔元〕薩都拉

六代①豪華，春去也、更無消息。空悵望，山川形勝，已非疇②昔。王謝③堂前雙燕子，烏衣巷④口曾相識。聽夜深、寂寞打孤城⑤，春潮急。

思往事，愁如織。懷故國，空陳跡。但荒煙衰草，亂鴉斜日。玉樹⑥歌殘秋露冷，胭脂井⑦壞寒螿泣。到如今、只有蔣山青⑨，秦淮碧⑩。

## 註釋

① 六代：三國吳、東晉和南朝的宋、齊、梁、陳，相繼建都建康（吳名建業，今江蘇南京），合稱為六朝。

② 疇（chóu）昔：往日、從前。

③ 王謝：指東晉望族王氏與謝氏。

④ 烏衣巷：在今南京市秦淮河南。三國吳時，曾在此設烏衣營，以士兵着烏衣而得名。東晉時王、謝等望族曾在此居住。

⑤ 打孤城：孤城謂石頭城（今南京）。劉禹錫《石頭城》：「山圍故國周遭在，潮打空城寂寞回。」

⑥ 玉樹：陳後主曾作《玉樹後庭花》曲，後比喻亡國之音。

⑦ 胭脂井：隋克台城，陳後主與張麗華、孔貴嬪為避隋兵，俱投井中。傳井欄有石脈，用絲帛擦拭，可見胭脂痕跡，故名。

⑧ 寒螿（jiāng）：寒蟬。

⑨ 蔣山：即鐘山。漢末秣陵尉蔣子文逐盜，死於鐘山，孫吳時為其立廟，封為蔣侯大帝。又因孫權之祖名鐘，乃諱改鐘山為蔣山。

⑩ 秦淮：河名，流經南京。傳說秦始皇南巡時，到了龍藏浦，發現有王氣，於是鑿方山，斷長壟為瀆入於江，以泄王氣，故名秦淮。

## 評述

　　薩都拉（亦作薩都剌），字天錫，號直齋。幼年貧寒，元泰定四年（1327）進士，生於雁門（今陝西代縣），有《雁門集》三卷。其詩灑脫俊逸，詞悲壯淋漓，後人推為一代詞人之冠。歷史上，少數民族幾次入主中原，大都接受漢文化熏陶，而且在這片肥沃的文學土地上開出了絢麗的花朵，薩都拉便是其中非常出色的一位。元文宗至順三年（1332），元帝國已日薄西山，此時薩都拉剛調任江南。該詞就是在這樣的背景下寫出的，為金陵懷古題材之名篇。詞中寫歷史盛衰、人事成敗，多古今對比，感慨世事繁華到頭都如過眼煙雲，淒涼滿目。山川依舊，而國勢將衰，不復往日盛景。曾經的歌舞之地，已是「亂鴉斜日」「荒煙衰草」，一片頹敗之景。化用劉禹錫《烏衣巷》《石頭城》兩首寫金陵的詩句，又不着痕跡，淒豔哀婉，渾然天成。

# 金陵懷古

有一年全家去南京旅遊，外公讓每人背一段有關南京的詩詞。我當時讀五年級，只會劉禹錫的《烏衣巷》：

朱雀橋邊野草花，烏衣巷口夕陽斜。
舊時王謝堂前燕，飛入尋常百姓家。

小舅和小姨都喜歡薩都拉的「六代豪華春去也」。大舅最有文才，他說還是劉禹錫的《西塞山懷古》好：

王濬樓船下益州，金陵王氣黯然收。
千尋鐵鎖沉江底，一片降幡出石頭。
人世幾回傷往事，山形依舊枕寒流。
從今四海為家日，故壘蕭蕭蘆荻秋。

他特別欣賞「人世幾回傷往事，山形依舊枕寒流」這兩句。大舅還說當年白居易邀請詩人元稹、劉禹錫、韋楚客談論南京盛衰舊聞，建議以《金陵懷古》為題做詩。劉禹錫一杯酒喝完，一首《西塞山懷古》就做完了，懷古歎今，意味深長。白居易讚歎：「四人探驪龍，子先得珠，所餘麟爪何用？」於是罷唱。

薩都拉的這首《滿江紅》以前我從未讀過，也沒有聽說過這位詞客，覺得不像漢人的姓名。旅遊回來，我就請教外公。外公對我說薩都拉是蒙古人。元朝中後期許多蒙古人都學漢語和漢文化，薩都拉的詩詞寫得非常好。外公又

說，寫詩詞一般不能套用古人詩詞文章句子，所謂「詩不宜用前人語」，但也不盡然，例如薩都拉這首詞就巧用唐人詩句。外公又舉一首吳激的《人月圓》。

> 南朝千古傷心事，猶唱後庭花。
> 舊時王謝，堂前燕子，飛向誰家。
>
> 恍然一夢，仙肌勝雪，宮髻堆鴉。
> 江州司馬，青衫淚濕，同是天涯。

其中一、二句用杜牧的「商女不知亡國恨，隔江猶唱後庭花」；三、四句用劉禹錫的《西塞山懷古》，七、八兩句用白居易的《琵琶行》。雖多處借用唐人詩句，但後人稱此詞「剪裁點綴如天成」。

我到北大物理系讀書後，週末有時去看望二舅豐元草，他當時在人民音樂出版社工作，對詩詞研究很深，他非常喜歡薩都拉的這首《滿江紅》。外公聽說後，在一張帶有淺紅點底色的宣紙上寫了薩都拉的詞送給二舅，我也欣賞過。可惜這件珍貴的書法後來不知流落到何處。近年來我在外公的 25 米長的手書長卷《文人珠玉》[1] 中又看到這幅《滿江紅》。

---

1　豐子愷：《文人珠玉》，第 336 頁，上海譯文出版社，2016。

# 念奴嬌‧登石頭城次東坡韻

〔元〕薩都拉

石頭城<sup>①</sup>上，望天低吳楚<sup>②</sup>，眼空無物。指點六朝<sup>③</sup>形勝地，唯有青山如壁。蔽日旌旗<sup>④</sup>，連雲檣櫓<sup>⑤</sup>，白骨紛如雪。一江南北，消磨多少豪傑。

寂寞避暑離宮<sup>⑥</sup>，東風輦路<sup>⑦</sup>，芳草年年發。落日無人松徑裏，鬼火高低明滅。歌舞尊前，繁華鏡裏，暗換青青髮。傷心千古，秦淮一片明月。

## 註釋

① 石頭城：南京古稱，簡稱石城。戰國時楚滅越，依山建城，三國時吳孫權重建改名石頭城。

② 吳楚：春秋吳楚故地，今長江中、下游一帶。

③ 六朝：金陵城自三國吳始，續有六朝（吳、東晉、宋、齊、梁、陳）於南京建都，因稱南京為「六朝古都」。

④ 旌旗：旗幟的總稱，借指軍士。

⑤ 檣櫓：桅杆與船槳。

⑥ 離宮：即「行宮」，帝王外巡時居住之所。

⑦ 輦路：天子車駕所過之路。

**評述**

　　薩都拉，其詞多懷古之作，本篇亦不例外。所謂「登石頭城次東坡韻」，察其各句末字，顯然是在向蘇東坡《念奴嬌・赤壁懷古》致敬。立於石城，發千古幽思。登高望遠，眼界闊開，天地悠渺，人如滄海一粟，生出些恐懼敬畏，益發激蕩豪情。高處望遠，吳楚二地接天，入眼都是大寫意，揮毫潑墨，那些秋毫細微之物，就再難入眼。六朝已隨時光悠悠遠去，帶走旌旗喧囂，萬千英豪，唯有青山容顏不改，靜坐如初。舊日皇帝避暑的宮殿，早已破敗，亂草蓬勃，年年如是，皇帝經過之路也有春風拂過，卻再不見人影。眼前的衰草枯楊，落日松徑，曾為歌舞場。明媚鮮妍，不能幾時，青青秀髮瞬息為白雪侵染，秦淮河上的明月也已垂垂老去，徒留歎息。

念奴嬌 赤壁懷古

蘇軾

大江東去浪淘盡千古風流人物 故壘西邊人道
是三國周郎赤壁 亂石穿空驚濤拍岸捲起千
堆雪 江山如畫一時多少豪傑 遙想公瑾當年小
喬初嫁了雄姿英發 羽扇綸巾談笑處檣櫓灰
飛煙滅 故國神遊多情應笑我早生華髮 人生
如夢一尊還酹江月

# 念奴嬌雙璧

　　薩都拉字天錫，姓答失蠻氏，蒙古人。外公說：「歷史上外族入侵的次數不少，甚至佔領了中原，例如元朝和清朝。但少數民族子弟學習漢字漢文化，大都被漢文化所同化，還出了不少才子。薩都拉就是一個例子。」薩都拉從小學習漢文化，是進士出身，有人說：「進士薩天錫詞，最長於情。」

　　薩都拉的《念奴嬌・登石頭城次東坡韻》是和蘇東坡的《念奴嬌・赤壁懷古》的一首佳作，「和」的意思，不但要求詞律相同，且韻腳必須與蘇詞完全一樣，例如「物」「壁」「雪」「月」等。外公說薩都拉的這首詞比蘇東坡的詞一點不差，只是他的名氣不如蘇東坡罷了，東坡詞主要寫三國時期的赤壁之戰，薩都拉則抒發了對六朝古都往事的感慨。外公稱這兩首詞為「念奴嬌雙璧」。

　　石頭城原名金陵，後曾更名石頭城，即南京。古人稱之為「龍盤虎踞，帝王之洲」。春秋時期范蠡曾在此建城，楚成王認為這裏山川宏偉，「埋黃金以鎮壓」，故稱「金陵」。三國時期孫權重修城牆，稱「石頭城」。諸葛亮曾讚歎：「鐘阜龍盤，真帝王之宅。」

　　毛主席也很讚賞這首詞，曾非常恰當地引用薩都拉的句子「石頭城上，望天低吳楚，眼空無物」，指的是國共內戰時期美國支持蔣介石，最後國民黨戰敗，解放軍百萬雄師過大江，進入南京。南京政府人去樓空，蔣家王朝已經一敗塗地。

# 垓下歌①

〔秦〕項　羽

力拔山兮氣蓋世，時不利兮騅不逝②。
騅不逝兮可奈何③，虞④兮虞兮奈若何！

## 註 釋

① 垓（gāi）下歌：垓下，古地名，位於今天安徽省靈璧縣南
　沱河北岸。歌，是古樂府的一種體裁。

② 騅（zhuī）：項羽的寶馬，名叫烏騅。

③ 奈何：怎麼辦。

④ 虞：指虞姬，項羽的寵姬。

## 評 述

　　這首《垓下歌》是司馬遷在《史記·項羽本紀》中記載
的西楚霸王項羽的絕命歌。作罷此歌，項羽就率領少數人
突圍至烏江，自刎而死。古往今來的讀者，都受《史記》影
響，肯定此歌的「慷慨激烈」（南宋·朱熹）。此歌開篇即塑
造了一位力能扛鼎、心雄萬夫的抒情英雄形象。氣概，是
中國古人評價英雄豪傑的重要標準。縱觀項羽起兵江東、
逐鹿中原、破釜沉舟、挺進關中、分封天下的事跡，項羽
確實氣概超羣，世人罕匹。然而第二句迅速轉折：自己時
運不濟，被圍垓下，無法逃脫。他用坐騎烏騅馬無法縱橫

馳騁來代指自己的被困，最後一句落腳到自己的愛妾虞姬的命運。大勢已去，自己尚且朝不慮夕，何況虞姬的性命呢？司馬遷沒有記載虞姬的下落，但在《楚漢春秋》中記載了虞姬的和歌：「漢兵已略地，四方楚歌聲。大王意氣盡，賤妾何聊生！」似乎暗示了虞姬飲劍楚營的悲慘結局。《太平寰宇記》卷一二八還記載了虞姬的另一種結局：「項羽敗，殺姬葬此。」英雄悲劇時刻所作的歌辭，其打動人心的力量，互古彌新。

手長衣袖短
無面見江東

# 霸王別姬

　　這首項羽的《垓下歌》載於《古唐詩合解》的第一卷，是外公最早教我的詩，在頁眉上依稀可見「6.1」，可能是1953 年或 1954 年 6 月 1 日，1954 年我剛考上上海市復興中學讀初一。

　　這首詩講了楚霸王項羽當年帶八千江東子弟起兵反秦，後來被劉邦打敗，被韓信圍困在垓下，四面楚歌，軍心渙散，他的愛妃虞姬為他舞劍後自刎的故事。項羽單人匹馬敗退到烏江，遇見一位船夫願意渡他過江。但項羽說八千江東子弟只有自己活下來，他「無顏見江東父老」，遂自刎而死。這是一個悲壯的故事。

　　外公說：「霸王別姬，項羽烏江自刎，後人感慨之餘，有不同的評論。」外公先給我講了李清照的詩：

　　　　生當作人傑，死亦為鬼雄。
　　　　至今思項羽，不肯過江東。

　　外公說，女詩人鞭撻南宋朝廷迫害抗金將領，不思進取，偏安一隅，借古諷今，正氣凜然。全詩僅 20 個字，連用了三個典故，但無堆砌之嫌，慷慨雄健、擲地有聲。「人傑」本指蕭何、張良、韓信，《史記·高祖本紀》裏記載，劉邦把自己與項羽做比較：「夫運籌策帷帳之中，決勝於千里之外，吾不如子房；鎮國家，撫百姓，給饋餉，不絕糧道，吾不如蕭何；連百萬之軍，戰必勝，攻必取，吾不如韓信。此三者，皆人傑也，吾能用之，此吾所以取天

下也。項羽有一范增而不能用，此其所以為我擒也。」李清照認為項羽和「漢初三傑」是同一個層次的人才。「鬼雄」典出《楚辭・九歌・國殤》：「身既死兮神以靈，魂魄毅兮為鬼雄。」「過江東」或「江東父老」本身也成為一個典故，外公也曾畫過一幅《無面見江東》，便是借這個典故，但意義完全不同了。

三年後，我考上了復興中學高中部。有一次，外公又和我們議論唐朝詩人杜牧的《題烏江亭》：

> 勝敗兵家事不期，包羞忍恥是男兒。
> 江東子弟多才俊，捲土重來未可知。

杜牧認為勝敗乃兵家常事，批評項羽胸襟不夠寬廣，缺乏大將氣度。

小姨說，楚霸王和虞姬的故事後改編為京劇《霸王別姬》。上世紀二三十年代，老生余叔岩、青衣梅蘭芳和武生楊小樓曾是京劇舞台上的「三大賢」。《霸王別姬》中的虞姬由梅蘭芳出演，霸王由楊小樓出演。楊小樓是京劇世家出身，幼年苦練，成年後又遇到「伶界大王」譚鑫培等前輩的培養和提攜，成了京劇武生難得的人才。楊小樓的嗓音又亮又脆，聲腔激越，有一種聲如裂帛的「炸音」。唸白抑揚頓挫，韻味十足，加上身材魁梧，是天生的楚霸王。

「七七盧溝橋事變」前，日本已經在冀東有了很大的勢力，1936年殷汝耕在通縣過生日，舉辦堂會唱戲。當時梅蘭芳先生已經移居上海，所以到北京邀角，看中的就是楊小樓。但任憑給多少包銀，楊小樓就是不去。後來梅蘭芳到北京去看望楊小樓，勸他「往南挪一挪」，省得將來北京

「變色」了找麻煩。楊小樓說：「如果北京也怎樣的話就不唱了，我這麼大的歲數，裝病也能裝個十年八年，還不就混到死了。」[1]1937 年日本侵略軍佔領北京。楊小樓從此不再演出，1938 年正月死於北京。

舞台上的梅蘭芳在日偽統治區蓄鬚明志，舞台上的楊小樓像《霸王別姬》裏的楚霸王那樣大氣凜然，寧死不唱戲。一代優伶，在日偽面前正氣浩然！

當時大家談得有興趣，小姨就說：「唱一段吧！」外公也特別喜歡京劇，曾兩度拜訪梅蘭芳。為了給京劇迷小姨伴奏，外公曾請梅大師的琴師倪秋平先生教了我大半年的胡琴。記得那一天我操琴為小姨伴奏《霸王別姬》。當時外公、姑外婆(外公的姐姐豐滿)都在欣賞，外公的舊居「日月樓」的院裏站滿了聽戲的街坊和路人。

多年後，在我們公司的文藝匯演上我重新操琴，請一位中國戲曲學院畢業的旦角劉鷺唱《霸王別姬》，我為她拉京胡。一開場拉「南梆子」的過門就獲得「碰頭好」，當虞姬唱到「看大王在帳中和衣睡穩，我這裏出帳外且散愁情。輕移步走向前荒郊站定，猛抬頭見碧落月色清明」，又是滿堂彩。大恆集團的同事們從未知曉我喜歡京劇，大家說：「想不到宋總的京胡拉得這樣好！」

在如怨如慕、如泣如訴的演唱和伴奏聲中，我不禁想起外公和姑外婆早已作古，倪師在「文化大革命」後去了香港，早已失去聯繫，想想人生真是無常。

---

1　梅蘭芳口述，許姬傳等整理：《舞台生活四十年——梅蘭芳回憶錄》，第 613-614 頁，團結出版社，2005。

# 九里山前作戰場①

〔明〕民　歌

九里山②前作戰場，牧童拾得舊刀槍。
順風吹起烏江③水，好似虞姬④別霸王。

**註　釋**

① 出自施耐庵《水滸傳》第四回，標題是編者擬的。並見明
代楊慎《廿一史彈詞》卷七，但全詩文字略有不同：「九
里山前作戰場，牧童拾得舊刀槍。烏江流水潺潺響，彷
彿虞姬哭霸王。」楊慎，字用修，號升庵，四川新都人。
明代首輔楊廷和之子，狀元、詩人、文學家。

② 九里山：在今江蘇徐州市區西北，又名九凝山，面積百
餘公頃，因東西長九里而得名。此處是劉邦、項羽楚漢
鏖兵的戰場，古來是兵家必爭之地。

③ 烏江：指烏江亭，位於安徽省和縣東北的烏江浦。楚漢
相爭時，項羽在此兵敗自刎。

④ 虞姬：秦末人，項羽寵姬，名虞，一云姓虞。項羽被圍
垓下，突圍前與虞姬以歌作別。《史記》中未記載虞姬結
局，後世認為自刎於楚營之中。

**評述** ..................

　　《九里山前作戰場》這首民歌是站在追述的立場上，對楚漢相爭的歷史遺跡進行憑弔。與杜牧的懷古詩《赤壁》「自將磨洗認前朝」的意象有幾分類似，九里山的古戰場和烏江亭的遺跡最容易勾起人們對於楚漢風雲的深刻記憶，而被牧童隨意撿到的舊刀槍，恰好將歷史時空與現實時空勾連起來。一陣江風吹起的烏江水花，彷彿也讓人能聯想到千百年前「虞姬別霸王」的悲壯瞬間。該詩出自《水滸傳》第四回，這一回講述魯智深為救金老父女而避難代州雁門縣，後受趙員外舉薦，在五台山智真長老座下剃度為僧。魯智深受不了文殊院裏的清規戒律，四五個月後偶然下山，在半山亭遇到一個賣酒漢子，口中所唱正是這首民歌：「九里山前作戰場，牧童拾得舊刀槍。順風吹起烏江水，好似虞姬別霸王。」此詩一說出自明代楊慎的《廿一史彈詞》，作於雲南戍所。楊慎一生著作宏富，有百餘種。善於編創新詩，詠史懷古類佳作甚多，《三國演義》開篇的《臨江仙·滾滾長江東逝水》，也是他的手筆。

# 豐家的「飛花令」

「飛花令」是古代酒令之一，典出韓翃《寒食》詩中的名句「春城無處不飛花」。行令時，通常先選定一個較常見的字（如「花」），而後大家輪流說出帶有這個字的古詩詞。我家有個與眾不同的「飛花令」。有一次全家逛城隍廟，中午到一家飯店吃飯，在包間點完菜閒坐無事，就讓大舅（豐華瞻）先出去，大家商量出一句詩詞，記得那次是「九里山前作戰場」。而後請大舅進來問問題，大舅隨機地選答題人，隨便問第一個問題，回答時必須將「九」包含在回答中，還不許「答非所問」，記得我就是第一位答題人。回答完大舅想了想，他在琢磨答案中哪一個字有點「牽強嫌疑」；接着大舅問第二個問題，回答中必須把「里」字包含進去，聽到回答大舅點點頭；等到第三個問題回答完，大舅不假思索地說：「九里山前作戰場！」大家都笑起來，大舅果然厲害。

這句詩是《水滸傳》中引用過的，外公很喜歡，大家也熟悉。外公在《隨感十三則》[1] 中說：

> 《水滸》中五台山上挑酒擔者所唱的歌：「九里山前作戰場，牧童拾得舊刀槍……」這兩句怪有意味。假如我做了那個牧童，拾得舊刀槍時定有無限的感慨：不知那刀槍的柄曾經受過誰人的驅使？那

---

1　豐子愷：《隨感十三則》（三），見豐陳寶，豐一吟編：《豐子愷文集》（文學卷一），第306頁，浙江文藝出版社，1992。

刀槍的尖曾經吃過誰人的血肉？又不知在它們的活動之下，曾經害死了多少人之性命。

這種「飛花令」不需要道具，對時間地點沒有要求。我們常常在茶餘飯後、候車室裏、西湖船上的零星時間玩，猜過的詩句記得還有「天上人間」「君家何處住」「白日依山盡」，等等。其實這並非真正的「飛花令」，大家一面參加這個猜詩詞名句的遊戲，一面欣賞了古詩詞。當然，玩這個遊戲需要一張「門票」，那就是必須學過相當多的詩詞。

# 左遷至藍關示姪孫湘①

〔唐〕韓　愈

一封朝奏②九重天③，夕貶潮州路八千④。
欲為聖朝⑤除弊事⑥，肯將衰朽惜殘年⑦！
雲橫秦嶺⑧家何在？雪擁藍關⑨馬不前。
知汝遠來應有意，好收吾骨瘴江邊⑩。

## 註　釋

① 詩歌寫於元和十四年（819），韓愈因諫迎佛骨，被貶潮
　州。詩人經秦嶺藍田關遇到姪子韓老成之子韓湘趕來送
　別，遂作此詩。韓湘，字北渚，長慶三年（823）進士，
　官大理丞。後世傳為「八仙」中的「韓湘子」。

② 一封朝奏：指的是韓愈的名文《論佛骨表》。

③ 九重天：指朝廷、皇帝。

④ 夕貶潮州路八千：潮州，一作「潮陽」，潮陽為潮州治
　所，今廣東潮陽。路八千，約數，言距離之遠。

⑤ 「聖朝」一作「聖明」。

⑥ 除弊事：消除弊端，指的是上奏《論佛骨表》。

⑦ 「肯將衰朽」句：一作「豈於衰暮」。殘年，晚年，暮年。
　指韓愈不惜犧牲生命，也要勸阻君王。

⑧ 秦嶺：陝西南部渭河與漢江之間的山地，中國南北方分
　界線。主峯太白山終年積雪，極難逾越，所以詩中有「雲
　橫秦嶺」之說。

86　⑨ 藍關：藍田關，古代史關中通往南陽盆地的交通要道。

韓愈須經此南下潮州。

⑩ 瘴江：貶所潮州。古代南方瘟疫橫行，有「瘴癘之地」的
想像，故稱瘴江。

**評 述** ·····················································

　　韓愈（768-824），字退之，河南河陽人，世稱「韓昌
黎」「昌黎先生」，被後世譽為「文起八代之衰，道濟天下之
溺」。在他的這首詩中，我們可以感受到撲面而來的凜然正
氣和蒼勁悲涼的神韻。如果讀過韓愈的名文《論佛骨表》，
他犯言直諫的形象就更加凸顯。這首詩前四句圍繞着「左
遷」這個核心主題來寫：韓愈向趕來送行的韓湘傾訴，自
己剛剛上奏皇帝諫迎佛骨，很快就被貶到邊陲小城潮州。
君王盛怒，宦海跌宕，變幻莫測。一腔熱血想為君王革除
弊政，何曾顧及自己的身家性命？預期和效果之間的巨大
落差使得韓愈心灰意冷。後四句轉向叮囑姪孫，圍繞着題
目中的「至藍關示姪孫湘」展開。韓愈訴說現在自己和姪孫
談話地方的風光：高聳的秦嶺，白雲都只能攔在山腰間，
回頭一望，自己的家鄉不見了；然而腳下曲曲折折的山
路，卻被積雪覆蓋，別說是人，便是馬都不願南行。這兩
句渲染秦嶺藍關一帶的山勢雪景，飽含着抒情主人公悲涼
的意緒，因而成為千古詠雪名句。經過反覆渲染和蓄勢，
情緒終於在末聯爆發：韓湘你來的意思我知道，拜託你要
在潮州的瘴江邊替我收取骸骨。生前交代後事，無盡的感
傷之情化作萬里收骸的孝親情境，餘韻悠長。韓湘在後世
傳說中由於擁有了「韓湘子」的名分，故而這首詩反覆出現
在明清韓湘子題材的小說、戲曲作品中，歷久彌新。

87

# 覽勝圖

「覽勝圖」是我們在外公家過除夕夜和春節、國慶日這些節日時必玩的遊戲。這張圖是外公家抗戰逃難到萍鄉時得到的。對此，小姨豐一吟曾有具體的記敍：「我對於萍鄉，還有一件事難以忘懷，就是那張『覽勝圖』。那是一種類似飛行棋。在約一米見方的一張紙的中心寫着『萍鄉東村蕭氏家藏遊玩品』。」

我讀初中時，為了保護覽勝圖的原件，又重新複製一份。當時並無複印機，是手寫的。外公對我父親說：「慕法的字寫得好，你來寫吧。」於是由我畫圖框，父親用大號的字寫每一站的名稱，用小號的字寫下面的說明，大家看了都稱讚字寫得好。在這個大家庭裏，幾位姨媽和舅舅的毛筆字寫得都好，大舅的字最好。但我未曾想到父親的「柳體」毛筆字也寫得那麼爽利挺秀，骨力遒勁，這才是「書香門第」！惜這份「覽勝圖」的原件和當年的複製件都找不到了。前幾年央視邀請我做節目《傳家寶》，讓我講外公的家庭教育，即「課兒」，講到覽勝圖，央視專為我複製了一份。

這個遊戲相當於現今流行的「大富翁」遊戲，供六人玩，六人的身份分別為「詞客」（書生）、「羽士」（道士）、「劍俠」「美人」「漁父」（漁夫）和「緇衣」（和尚）。一些打麻將用的籌子當作錢，一半公用，一半分成六份。記得當時大舅常常做「詞客」，大舅媽做「美人」，小舅舅（豐新枚）願意做「劍俠」。

一開始大家從第一站「勞勞亭」出發，勞勞亭出自李白的詩：

> 天下傷心處，勞勞送客亭。
> 春風知別苦，不遣柳條青。

每人輪流擲骰子，擲到幾就走幾步，每到一處都有名稱典故。例如「詞客」恰好走到「滕王閣」。

這正是當年王勃寫出「落霞與孤鶩齊飛，秋水共長天一色」(《滕王閣序》)的地方，到此「遇六方行，詞客免」，如果擲出來不是六，就「罰一仍不行」。常常有待在「滕王閣」好幾圈罰了好多錢還沒走成的，如「劍俠」恰好走到「易水」：

> 易水蕭蕭兮西風寒，壯士一去兮不復返。

這是當年荊軻刺秦王，燕太子丹和高漸離白衣送別荊軻之處，於是「劍俠至此賞三眾賀三」：公家賞「劍俠」三個籌子，每人再給「劍俠」三個籌子。「洞庭湖」是「漁父」的福地；「天竺國」是「緇衣」的福地；「美人」到「金谷園」則「賞三眾賀三」。這典故出自杜牧的七絕《金谷園》：

> 繁華事散逐香塵，流水無情草自春。
> 日暮東風怨啼鳥，落花猶似墜樓人。

這說的是一位殉情的女子綠珠。她是石崇的愛妾，「姿態豔絕」。大將軍孫秀向石崇索要綠珠，石崇怒而不從。一

日孫秀的兵馬到了金谷園樓下。石崇對綠珠說：「吾今為爾得罪。」綠珠邊泣邊說：「當效死於官前。」遂墜樓而亡。這樣看來其實金谷園並非美人的福地，只是古代推崇女子「從一而終」。

有一站為「尾生橋」，《莊子》記述了古代一位男子尾生的故事：「尾生與女子期於梁下，女子不來，水至不去，抱梁柱而死。」尾生和女子在橋下約會，女孩沒來，洪水過來了，尾生死守約定，抱柱身亡。李白的《長干行》也曾描述過：「常存抱柱信，豈上望夫台。」

這是一個讓人動容的故事。如果「詞客」走到「尾生橋」而「美人」在後面未到，就得在這裏等「美人」經過，「詞客」才能繼續前行。

和「尾生橋」對應的是「望夫山」，取材自劉禹錫的詩《望夫山》：

> 終日望夫夫不歸，化為孤石苦相思。
> 望來已是幾千載，只似當時初望時。

望夫石是安徽當塗古跡名，傳說婦人佇立望夫日久，化而為石。如果「美人」走到這裏，而「詞客」未到，要等「詞客」到了或經過這一站，「美人」才可繼續前行。

還有一站「藍關」，注明「陝西 —— 韓愈」，顯然取自詩人的那首「雲橫秦嶺家何在」。下面有規定：「過者遇四方行，到者遇幺方行，羽士免。」就是說在藍關前面的人必須擲到「四」才能經過，碰巧走進這一站的人必須擲到「幺（一）」才能出去，唯「羽士」可以直接經過。過了「藍關」就快到終點，大功告成了。「藍關」確是一道「難關」，

常常擲了好多回也過不去。記得有一次，瞻娘舅本來是走得最快的，到「藍關」後怎麼也過不去，被小舅和別人超過。瞻舅抱怨說：「難怪韓愈講過『雪擁藍關馬不前』了。」說完他索性坐到沙發上去喝咖啡了。

皇甫冉有一首《春思》：

> 鶯啼燕語報新年，馬邑龍堆路幾千。
> 家住層城臨漢苑，心隨明月到胡天。
> 機中錦字論長恨，樓上花枝笑獨眠。
> 為問元戎竇車騎，何時返旆勒燕然。

瞻娘舅和小娘舅曾模仿皇甫冉的《春思》，做過一首打油詩，我現在只記得其中四句：

> 鶯啼燕語報新年，復旦陝南路幾千。
> 牌中發白論長樂，圖上藍關笑獨眠。

當時大舅在復旦大學教英語，外公家在陝西南路。「圖上藍關笑獨眠」指的是在覽勝圖上「藍關」一站出不來。「牌中發白」指的是麻將牌中的「發財」和「白板」。

還有一站「不語灘」，到這一站不許說話，大家都逗他，一旦開口說話就「罰一回原位」。此外還有「岳陽樓」「醉翁亭」「桃葉渡」「三峽」等，都是地名和名勝古跡，都有典故和美麗的詩詞。「桃花源」標有「漁父至此納一，與詞客會此各納二」，講的顯然是《桃花源記》，故事的主角是「漁夫」，而寫這一名篇的文人陶淵明自然也是功不可沒。

　　哪位第一個到終點「長安市」，就分一半公家的籌子。大家一面玩，一面欣賞、交流遊戲背後的典故和詩詞，相比之下，輸贏一點都不重要。

　　我們玩「覽勝圖」時，外公常坐在沙發上喝酒，替我們高興，為我們着急。或吟誦着詩詞在廳裏面走來走去。記得有一次他吟誦的是李白的詩《登金陵冶城西北謝安墩》，其中有兩句：「功成拂袖去，歸入武陵源。」

　　有時外公買了糖果點心回來，大家一面「復盤」，議論誰的運氣好誰倒楣，一面吃糖果。背詩詞本來是頗為乏味之事，但在外公家裏，我們在遊樂之中充分享受着詩詞的化育。

「覽勝圖」複製品

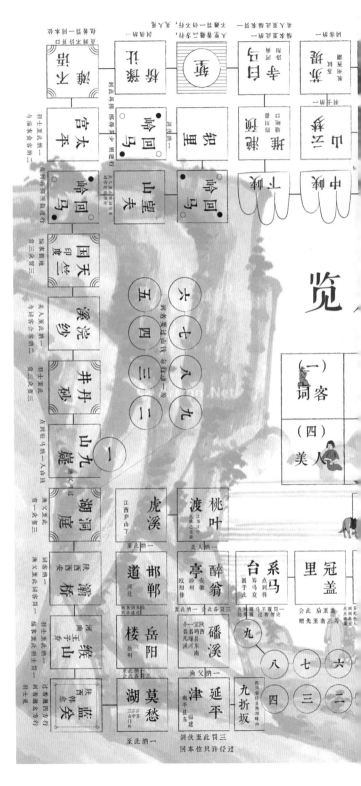

# 畫中有詩

# 千秋歲‧詠夏景

〔北宋〕謝　逸

棟花飄砌①，蔌蔌清香細②。梅雨過，萍風起，情隨湘水遠，夢繞吳峯翠③。琴書倦，鵁鶄喚起南窗睡。

密意無人寄，幽恨憑誰洗。修竹畔，疏簾裏，歌餘塵拂扇，舞罷風掀袂④。人散後，一鈎淡月天如水。

## 註釋

① 棟花：棟樹的花，淡紫色。

② 蔌（sù）蔌：形容花落的聲音。

③ 吳峯：浙江一帶的山巒。湘水、吳峯，代指遙遠的山水。

④ 袂（mèi）：衣袖。

## 評述

　　謝逸（1068-1113），字無逸，號溪堂，北宋臨川（今屬江西）人。多次落榜，常以詩文自娛，著有《溪堂詞》。性情簡素，尤喜蝴蝶，曾寫過上百首蝴蝶詩，頗多佳句，因有「謝蝴蝶」之雅稱。這首詞幽靜雅緻。上闋寫棟花、梅

雨、清風、鷗鳥，摹狀夏日特有的寂靜，手倦拋書，慵懶地睡個午覺，伴隨鷗鳥聲聲，愜意何如！下闋以意起，情深無人可知，幽憤無處可訴。修竹疏簾，輕歌曼舞，任憑那風兒與衣袖纏綿。歌舞終了，不經意抬頭，見一鈎淡月懸空，銀河似水如練，天地澄明。如同豐先生第一幅公開發表的漫畫作品《人散後，一鈎新月天如水》，滿紙恬淡，意趣悠遠。

人散後，一鉤新月天如水。

# 子愷漫畫

　　1922 年初秋，外公赴浙江上虞白馬湖春暉中學任教，全家住在「小楊柳屋」，與他的老師夏丏尊，朋友匡互生、劉薰宇、朱自清、朱光潛、劉淑琴等形成近代文學史上著名的「白馬湖作家羣」。

　　1924 年，鄭振鐸先生在上海主編《文學週報》期間，一天偶然從他的好友朱自清和俞平伯所辦的刊物《我們的七月》上看到了一幅署名「TK」（「子愷」英文字頭，外公的筆名）的畫，題為《人散後，一鈎新月天如水》，這幅畫立即引起鄭振鐸的注意，後來鄭振鐸在文章中描述最初看到這幅畫的感受：「雖然是疏朗的幾筆墨痕，畫着一道捲上的蘆簾，一個放在廊邊的小桌，桌上是一把壺，幾個杯，天上是一鈎新月，我的情思卻被他帶到一個詩的仙境，我的心上感到一種說不出的美感。較之我讀謝無逸的那首《千秋歲》為尤深。」[1]

　　正好那時，鄭振鐸主編的《文學週報》經常需要一些插圖，於是鄭振鐸便向朱自清打聽此畫作者「TK」其人。原來「TK」名叫豐子愷，是朱自清的同事，同在白馬湖畔的春暉中學教書，於是輾轉找到了豐子愷。

　　後來，鄭振鐸和葉聖陶、胡愈之一起去選畫，帶走了豐子愷所有的畫作。從此，「TK」（子愷）的畫便經常發表在他主編的《文學週報》上。鄭振鐸把這些畫作冠之以「漫

---

1　楊子耘、馬永飛、宋雪君：《星河界裏星河轉——豐子愷和他的朋友們》，第75頁，上海文化出版社，2019。

畫」，從此，中國才有了「漫畫」的名稱。鄭振鐸說：「……當我坐火車回家時，手裏夾着一大捆子愷的漫畫，心裏感着一種新鮮的、如同佔領了一塊新高地般的愉悅。」不久，豐子愷的第一本漫畫集《子愷漫畫》出版了，中國的畫壇從此有了漫畫。為這本漫畫集作序的陣營龐大，有鄭振鐸、夏丏尊、丁衍鏞、朱自清、方光燾、劉薰宇，由俞平伯寫跋。

> 一個人須先是一個藝術家，才能創造真正的藝術。／他（豐子愷）的畫極家常，造景着筆都不求奇特古怪，卻於平實中寓深永之致。他的畫就像他的人。
> （朱光潛）

> 我們都愛你的漫畫有詩意，一幅幅漫畫，就如一首首小詩。
> （朱自清）

> 藝術家的生命是藝術，藝術的生命是趣味，漫畫是趣味中趣味的藝術。
> （丁衍鏞）

> 我不曾見過您，但是彷彿認識您的，我早已有緣拜識您那微妙的心靈了。所謂漫畫，在中國實是一創格；既有中國畫風的蕭疏淡遠，又不失西洋畫的活潑酣恣。雖是一時興到之筆，而其妙正在隨意揮灑。一片片的落英都含蓄着人間的情味。
> （俞平伯）

《人散後，一鈎新月天如水》，取自謝無逸的詞《千秋歲·詠夏景》，以疏朗的筆調畫出意境的高遠，贏得大家的讚賞。然而在欣賞這幅畫的同時，不少朋友還提出這幅畫有一個「美麗的錯誤」，畫家把新月的方向畫反了。更多讀

者為畫家辯護：豐子愷是藝術家不是科學家，藝術作品在科學上應當允許不嚴謹。

幾年前我到國家天文台作報告《外公豐子愷 —— 漫畫藝術與人生》，在會後的討論之中，著名的天文學家陳建生院士、蘇洪鈞（曾任紫金山天文台副台長）、鄒振隆（國家天文台學術委員會主任）、胡景堯、邱育海等對我說，經過他們考證，畫家畫對了！在白馬湖，朋友見面，喝茶長談，席終人散，此時已過半夜，升起的一鈎新月，正是你外公豐子愷畫的樣子，新月的方向沒有反。謝無逸所謂的「新月」也應當是半夜升起的新月。豐子愷不是科學家而是藝術大師，他對生活有深入準確的觀察，是不會錯的。天文學家一錘定音：豐子愷的新月畫對了！

# 少年行①

〔唐〕王　維

新豐美酒斗十千②③，咸陽遊俠多少年④。
相逢意氣為君飲，繫馬高樓垂柳邊。

## 註釋

① 《少年行》：樂府古題，這是王維早年所作的組詩中的第一首。

② 新豐：陝西臨潼東北，出產美酒。

③ 斗十千：指酒價十千錢一斗，語出曹植《名都篇》「美酒斗十千」，唐人詩中多引之以謂美酒價值萬貫。

④ 咸陽：秦代都城咸陽，在今陝西西安市北，唐代人多借以指代首都長安。

## 評述

　　王維既是唐代傑出的詩人，又是畫家、音樂家。蘇軾對他的詩和畫有一個著名的評價：「詩中有畫，畫中有詩。」豐子愷先生從王維這首《少年行》中獲得藝術靈感，創作了漫畫名作《相逢意氣為君飲，繫馬高樓垂柳邊》。一千三百年前的一首小詩，竟然幾乎包蘊了豐氏漫畫的全部要素。王維詩作內涵的豐沛雋永與豐子愷漫畫的「感覺的心象」，都達到了藝術的玄妙境界。王維的《少年行》其

一以漢代唐，描寫了長安附近的遊俠縱酒放歌、意氣相投的生活畫面。詩歌突出了「少年」的身份特徵。一羣遊俠正值青春年少，滿腔熱血，矢志報國。出入酒樓，千金換美酒，就是為了與偶然相逢的意氣相投的俠客訂交，立功邊塞，共赴國難。這組《少年行》後三首從軍、戰陣及歸來的場景都建立在第一首描寫少年遊俠高樓飲酒的基礎上。沒有這一首，為國征戰的勇士形象也就沒有了鮮明的個性與靈魂。林庚先生從《少年行》等詩作中概括出了盛唐詩歌的「少年精神」，說明王維對少年遊俠的描摹不僅是他自己的得意之作，還代表了盛唐時代昂揚向上的精神意趣。

# 畫中有詩

　　在《藝術的鑒賞》《中國畫的特色》等文中外公曾說過，鑒賞藝術時，除感覺作用以外，又起一種想像作用。感覺作用只是詩句或色彩、形、線等直接印於人們腦中的一種感覺。想像作用則是因了詩句或畫圖而在眼前浮現出活躍的實景來。外公稱這現象名為感覺的心象（sensory image）[1]。即經過了第一的理智作用，第二的感覺作用以後，詩中或圖中所描寫的事物的姿態、音容，活躍於心中，彷彿於眼前。蘇東坡說過，王維之詩，「詩中有畫；觀摩詰之畫，畫中有詩」[2]。所謂「詩中有畫，畫中有詩」，便是感覺的心象的作用。名畫傑作，往往使觀者覺得好像身入畫境。

　　外公還說過：「畫中有詩，其實可以認為是中國畫的一般的特色，中國畫因為有『詩趣』『詩意』，一切便協調起來，生動起來。」例如韋莊的《春日遊》：

　　春日遊，杏花吹滿頭。陌上誰家年少，足風流？

　　妾擬將身嫁與，一生休。縱被無情棄，不能羞。

　　外公用這首詞的頭兩句作畫題，畫了一幅大家喜愛的名畫。

---

1　豐子愷：《藝術的鑒賞》，見豐陳寶，豐一吟編：《豐子愷文集》（藝術卷一），第 17 頁，浙江文藝出版社，浙江教育出版社，1992。

2　豐子愷：《中國畫的特色》，見豐陳寶，豐一吟編：《豐子愷文集》（藝術卷一），第 34 頁，浙江文藝出版社，浙江教育出版社，1992。

著名的紅學家俞平伯曾這樣評價外公的畫:「以詩題作畫料,自古有之;然而借西洋畫的筆調寫中國詩境的,以我所知尚未曾有。有之,自足下始。」著名畫家、中央美院院長丁衍鏞說:「子愷君的漫畫,充滿了詩和歌的趣味。」《子愷漫畫》傳到印度,印度的著名詩人泰戈爾更有高度的評價:「豐子愷的漫畫是詩與畫的具體結合,也是一種創造。高度藝術所表現的境地,就是這樣。」

外公曾畫過一幅著名的漫畫《相逢意氣為君飲,繫馬高樓垂柳邊》,畫題取自王維的《少年行》。這幅畫既有飄逸的楊柳,柳樹下安靜地吃草的馬,有遠山、河流,還有在樓台上對飲的朋友,豐氏風景畫的元素幾乎全部具備,是一幅著名的漫畫。

2009年我應邀到澳大利亞珀斯一所大學去做學術報告,會議結束後,我送了一幅自己畫的仿豐畫《相逢意氣為君飲,繫馬高樓垂柳邊》[3]給校長。他說宋教授你先不要翻譯,我來猜一猜這幅畫的內容。他說的居然八九不離十,他說:「你外公的畫,即使沒有翻譯我們外國人也差不多能看懂。」最後,我的這幅畫被掛在學校藝術中心正中的位置。我也當了這所大學的客座教授。

外公前後出版過多種版本的《畫中有詩》和《詩中有畫》,也曾用《古詩新畫》的書名多次再版。前期的畫大部分是黑白畫,到抗戰前後才演變成彩色畫。近年來,《子愷漫畫精品集》由桐鄉市的檔案部門出版,製作精美,色彩還原非常好,是豐子愷漫畫集的精品。

---

3　外公去世後,仿外公漫畫風格的畫作(「仿豐畫」)不少,小姨豐一吟規定:凡是仿豐子愷的畫,必須蓋一個圖章。她的「仿豐畫」蓋的章是「仿先父貴墨」,我的章是「仿外祖遺墨」。

# 長干行①

〔唐〕李　白

妾髮初覆額，折花門前劇②。

郎騎竹馬來③，繞牀弄青梅。

同居長干里④，兩小無嫌猜。

十四為君婦，羞顏未嘗開。

低頭向暗壁，千喚不一回。

十五始展眉⑤，願同塵與灰。

常存抱柱信⑥，豈上望夫台。

十六君遠行，瞿塘灩澦堆⑦。

五月不可觸，猿鳴天上哀。

門前遲行跡，一一生綠苔。

苔深不能掃，落葉秋風早。

八月蝴蝶黃，雙飛西園草。

感此傷妾心，坐愁紅顏老。

早晚下三巴⑧，預將書報家。

相迎不道遠，直至長風沙⑨。

**註釋** ...........................................

① 長干行：古樂府《雜曲歌辭》調名。這首是李白的名作。

② 門前劇：門前遊戲。

③ 竹馬：兒童置於胯下當馬騎的竹竿。

④　長干里：位於今江蘇南京市，南朝時船民聚居之地。

⑤　展眉：眉開眼笑。

⑥　抱柱信：典出《莊子‧盜跖》，尾生與女子相約於橋下，女子
　　未至，忽然水漲，尾生守信不離，終於抱着柱子淹死；

⑦　灩澦堆：長江瞿塘峽口江心的一塊巨石，漲水之時船隻容易
　　觸礁沉沒。

⑧　三巴：指巴郡、巴東、巴西。

⑨　長風沙：地名，在今安徽安慶長江邊。


**評述** ‥‥‥‥‥‥‥‥‥‥‥‥‥‥‥‥‥‥‥‥‥

　　《長干行》是樂府古題，許多詩人都曾寫過同題詩歌，較
為著名的有李白和崔顥兩位。李白的這首《長干行》以一位居
住在長干里的女子的口吻，追憶了自己與丈夫從兩小無猜，到
成婚，再到分離思念的全過程。這首長詩最為人稱道的是「郎
騎竹馬來，繞牀弄青梅」的名句。詩人用一個孩童戲耍的遊戲
場景，將男女主人公從小一起玩耍，毫無嫌隙的童年時光進
行了藝術化地濃縮與再現。「騎竹馬」與「弄青梅」，看似是兩
個主人公孩提時代的無心遊戲，實則隱喻了二人今後的婚配生
活。這一經典場景被創造出來，成為中國文學中形容男女朦朧
戀情的最美意象之一，引發了無數讀者的共鳴。同時，也應該
注意，如果將女子此後對於婚姻生活聚少離多的追憶，甚至傷
春悲秋結合來看，青梅竹馬的美好生活便更顯得短暫與珍貴。
成人世界的種種無奈使得人們不可避免地陷於分離，而長大後
的離別之苦又讓人更加珍視青梅竹馬往昔歲月，兩小無猜的絢
爛童年。從這個意義上說，這首《長干行》用整首詩的鋪排渲
染，烘托了「青梅竹馬」這兩句詩眼的美好意蘊。

# 郎騎竹馬來，兩小無嫌猜

　　外公的文學功底非常豐厚，許多古文詩詞的名句自然而然成了《子愷漫畫》的畫題。例如李白的《長干行》中有兩句：「郎騎竹馬來，繞牀弄青梅。同居長干里，兩小無嫌猜。」這本是「青梅竹馬、兩小無猜」的出處，到外公筆下，就是兩幅童趣十足的畫。

　　記得上復興中學初中時我們班有一位女同學活潑、漂亮，我們一起演《小蒼蠅是怎樣變成大象的》等話劇。過年過節，她還到我們家，約我一起去同學家玩。讀初二時，班主任、語文老師田穎看到我們兩個常常同演節目，就半開玩笑地說：「青梅竹馬，兩小無猜。」這位女同學紅着臉對老師說：「田老師您可別這麼說！」當時我還沒有反應過來，直到向外公學了李白的《長干行》，才明白了點甚麼。可惜她沒有考上復興中學高中，我們之後就很少聯繫了。

　　後來我考上北大物理系，她考上復旦物理系。北大是六年制，剛畢業趕上「十年動亂」。我曾到上海，去復旦大學看望她，不但沒有見到她，還看到一張巨幅的大字報「打倒胡守敬反革命集團女幹將」。

　　改革開放後，聽說她去了美國。我曾去美國當訪問學者，擔任大恆集團副總裁後，也多次帶隊去美國參展、開展業務合作，問起在美國的中國朋友和學生，卻再也沒有這位女同學的消息。她留給我的，只是當年那位活潑可愛的少女的形象。

　　回憶讀初中的時代，心中總有一種說不清的滋味，就想起了石孝友那首著名的《浣溪沙集句》：

宿醉離愁慢髻鬟　　　　　　　（韓偓）

綠殘紅豆憶前歡　　　　　　　（晏幾道）

錦江春水寄書難　　　　　　　（晏幾道）

紅袖時籠金鴨暖　　　　　　　（秦觀）

小樓吹徹玉笙寒　　　　　　　（李璟）

為誰和淚倚闌干　　　　　　　（李璟）

# 菩薩蠻‧雨晴夜合玲瓏日

〔唐〕溫庭筠

雨晴夜合<sup>①</sup>玲瓏日，萬枝香裊<sup>②</sup>紅絲<sup>③</sup>拂。
閒夢憶金堂<sup>④</sup>，滿庭萱草<sup>⑤</sup>長。

繡簾垂籙簌<sup>⑥</sup>，眉黛遠山綠。
春水渡溪橋，憑欄魂欲銷。

## 註 釋

① 夜合：合歡花別名。

② 香裊：香味繚繞。

③ 紅絲：指合歡花的花蕊，其蕊多條，狀貌呈絲狀。

④ 金堂：華麗的廳堂。

⑤ 萱草：多年生宿根草本植物，古人稱為忘憂草。

⑥ 籙簌：流蘇樣的下垂穗子，裝飾品。

## 評 述

　　溫庭筠（約812-870），原名岐，字飛卿，晚唐太原人。少有才名，好譏諷權貴，屢試不第。唐宣宗大中初年，舉進士，歷官方城尉及國子助教。詞作多寫閨怨，纏綿悱惻，與李商隱並稱「溫李」。後蜀趙崇祚所編《花間

集》，首列溫詞，此後大都尊溫為「花間派」創始人。有明人所輯《溫飛卿集》九卷。該詞歷來被目為閨怨之作，先寫雨後初晴，陽光下，雨水沖刷後的合歡明豔灼目，香味繚繞。繼而切入夢境，憶昔歡聲笑語，夢中滿庭都是讓人忘憂的萱草。隨即轉入眼前實景，垂簾後面隱映眉如遠山的姣好面容。憑欄遠眺，見橋下溪水潺潺，神魄也為之搖盪。

# 溫韋小令和花間詞客羣

外公說：「唐五代的詞客善寫『小令』，就是詞句少的短詞，如王建的《調笑令》：「團扇，團扇，美人並來遮面。」韋莊的《思帝鄉》：「春日遊，杏花吹滿頭。」曾有人（趙崇祚）輯《花間集》六十六首，其中溫庭筠、韋莊的詞居多。《花間集》大部分為豔情之作，細膩地描寫男女情愛，以婉約之筆抒寫愛恨離別。

母親特別喜歡溫飛卿（庭筠）的「春水渡溪橋，憑欄魂欲銷」兩句。外公曾在扇面上書寫溫飛卿的三首《更漏子》：

## 更漏子・其一

柳絲長，春雨細，花外漏聲迢遞。驚塞雁，起城烏，畫屏金鷓鴣。香霧薄，透簾幕，惆悵謝家池閣。紅燭背，繡簾垂，夢長君不知。

## 其二

星斗稀，鐘鼓歇，簾外曉鶯殘月。蘭露重，柳風斜，滿庭堆落花。虛閣上，倚欄望，還似去年惆悵。春欲暮，思無窮，舊歡如夢中。

## 其三

玉爐香，紅蠟淚，偏照畫堂秋思。眉翠薄，鬢雲殘，夜長衾枕寒。梧桐樹，三更雨，不道離情正苦。一葉葉，一聲聲，空階滴到明。

這把扇子是外公寫了字讓大家隨便用的。我記得外公

的扇面書法風格平和自然，筆勢委婉含蓄、舒展自如，可惜這把扇子找不到了，如果還在，其藝術價值真的不可估量。

溫飛卿還有一首「家臨長信往來道」，也是母親非常喜歡的。小姨豐一吟晚年時，和我議論古詩詞，她也十分欣賞溫庭筠的這首《玉樓春》：

> 家臨長信往來道，乳燕雙雙拂煙草。
> 油壁車輕金犢肥，流蘇帳曉春雞報。
>
> 籠中嬌鳥暖猶睡，簾外落花閒不掃。
> 衰桃一樹近前池，似惜紅顏鏡中老。

五代時期君臣文學水平不低。著名的《花間集》詞客、南唐馮延巳曾有「風乍起，吹皺一池春水」的名句。南唐中主李璟（李後主之父）也是著名的詞客，曾寫過「細雨夢回雞塞遠，小樓吹徹玉笙寒」的佳句。君臣以詩詞開玩笑，李璟說：「吹皺一池春水，干卿何事？」馮延巳從容回答：「安得如陛下『小樓玉笙寒』？」君臣們不會理國，只會填詞、尋歡作樂，最終導致亡國，被後人詬病。

我曾問過母親，溫飛卿的詞是否就這一種婉約的風格，她說唯一的例外就是他的那首《過陳琳墓》：

> 曾於青史見遺文，今日飄蓬過此墳。
> 詞客有靈應識我，霸才無主始憐君。

石麟埋沒藏春草，銅雀荒涼對暮雲。
莫怪臨風倍惆悵，欲將書劍學從軍。

温飛卿借憑弔古人，讓懷才不遇的情緒溢於詩句中。母親說看了這首詩覺得作者換了個人，完全不是纏綿悱惻的温飛卿了。外公說：「詩言志，李後主早期的作品也和韋、温的風格相同，直到亡國之後，才有『問君能有幾多愁、恰似一江春水向東流』這樣的名句」。王國維說：「詞至李後主而眼界始大，感慨遂深。」

# 望江南‧江南柳

〔北宋〕歐陽修

江南柳，花柳兩相柔。花片落時粘酒盞[①]，柳條低處拂人頭，各自是風流。

江南月，如鏡復如鈎。似鏡不侵紅粉面[②]，似鈎不掛畫簾頭[③]，長是[④]照離愁[⑤]。

## 註 釋

① 酒盞：小酒杯。

② 紅粉：舊時婦女化妝用的胭脂和鉛粉，後代指美女。《古詩十九首‧青青河畔草》：「娥娥紅粉妝，纖纖出素手。」

③ 畫簾：繪滿畫飾的簾子。

④ 長是：老是，經常。

⑤ 離愁：離別的愁思。

## 評 述

這首詞詠歎千古母題「離愁」，別有意境。以月柳分說。古人送別多折柳相贈，望月懷鄉也是中國人綿延千年的文化特質。花柳長街，置辦酒席，為友人餞行，縱酒狂歌，大哭大笑，許是驚動了花片、柳枝，它們也不捨

吧，花瓣也奮不顧身，飄忽落進酒盞，粘在杯沿，浸入酒中。那柳樹也學了人的模樣，輕撫着互道珍重人的頭頂。詩人詞人的心多敏感啊，怎麼能受得了這種輕柔，就真覺得那柳枝也是感通天地間情感的，眼淚就撲簌簌掉下來。下闋取了月亮圓缺兩個端點，以鏡、鈎兩個比喻，寫作者內心的敏銳察覺，月亮雖似鏡，卻不能真的映出美人臉，如鈎，卻不能真的挑起畫簾頭。到頭來，月亮不過是心裏的一點念想，月光播撒，照出的也只是人心裏的離愁別恨罷了。

# 風流和尚

　　記得有一年外公、小姨、小舅、我母親帶我一起去杭州遊覽。在火車上外公教了我們歐陽修的《望江南》。到了杭州，住進旗下（即湖濱）的一個旅館，在杭州大學教數學的二姨（豐寧馨）到旅館，我們叫了一隻西湖遊船，遊西湖欣賞風景。當時正是陽春四月，蘇堤上一株桃花間一株翠柳，活脫就是「江南柳，花柳兩相柔。花片落時粘酒盞，柳條低處拂人頭」。

　　外公說，歐陽修是唐宋八大家之一，詩文俱佳，他寫的「柳外輕雷池上雨，雨聲滴碎荷聲」（《臨江仙》）、「當路游絲縈醉客，隔花啼鳥喚行人」（《浣溪沙》）、「庭院深深深幾許」（《蝶戀花》）等都是曠世名句。

　　那天中午在樓外樓吃飯，下午到湖心亭喝茶，一直遊到夕陽西下。晚上一彎新月升起來，在杭州大學教數學的軟娘姨（豐寧馨）又提起歐陽修的《生查子‧元夕》

　　去年元夜時，花市燈如畫。月上柳梢頭，人約黃昏後。

　　今年元夜時，月與燈依舊。不見去年人，淚濕春衫袖。

　　大家都說描寫情侶約會，歐陽修的「月上柳梢頭，人約黃昏後」寫得最好。歐公的詞和外公的畫相配，是真正的「畫中有詩，詩中有畫」。

晚上在旅館，小舅和我對外公說：「沒心想（家鄉話，即『沒意思』），講故事！講故事！」大家即刻圍攏來。外公說：「有一個。」就沒下文了。這是外公講故事的風格，讓大家猜猜故事的主人公是甚麼人。

小舅立刻問：「和尚？尼姑？師姑（道姑）？」這次小舅猜對了，外公的故事果然講的是一位和尚，名叫「江南月」，聽聽名字就夠風流的。這位年輕和尚和一位女子私通，被女子的家人發現，扭送到縣衙門。和尚說自己只是欣賞小姐美貌，與小姐並無私情。縣官還是要重判，和尚不慌不忙地說：「死則死爾，尚容一詩。」縣官同意了，就讓和尚唸詩：

江南月，如鏡復如鈎。似鏡未臨紅粉面，似鈎
不展翠眉羞，空自照東流。

我們大家一聽都擊節稱讚，這和尚巧用歐陽公的《望江南》，含蓄而又深情。外公又讓大家猜縣官的判決。媽媽和兩位姨媽都說「令還俗」，讓這對有情人終成眷屬。外公說大家沒猜對，縣官讓手下人抬進一個事先備好的竹籠，也吟詩一首：

江南竹，巧匠做為籠。借與吾師藏法體，碧波
深處伴蛟龍。方知色是空。

就把風流和尚放在竹籠中沉到河底去了。大家聽了都罵縣官不近人情。當然故事是編的，不過和尚與縣官的《望江南》寫得都有趣。

# 破陣子·春景

〔北宋〕晏　殊

燕子來時新社①，梨花落後清明。池上碧苔三四點，葉底黃鸝一兩聲，日長飛絮輕。

巧笑②東鄰女伴，採桑徑裏逢迎。疑怪昨宵春夢好，元是今朝鬥草③贏，笑從雙臉生。

## 註釋

① 新社：指春社，春分前後祭祀土地神。

② 巧笑：面容姣好。《詩經·碩人》：「巧笑倩兮，美目盼兮！」

③ 鬥草：中國古代民間流行的一種遊戲。

## 評述

　　晏殊（991-1055），字同叔，撫州臨川人。曾有神童名，官至集賢殿學士，生平詳《宋史》本傳。《四庫全書總目》中《珠玉詞》提要，稱「殊賦性剛峻，而詞語特婉麗」。相比這首清新婉麗的《破陣子》，晏殊詞給讀者印象更深的反倒是「可奈光陰似水聲」「無可奈何花落去」等慨歎時光流逝的悲戚之作。大概，越能寫悲戚文章的作家，也更能

把握時光洪流中的那些安謐靜美。這首詞就是如此。春分祭祀土神的時候，燕子飛來了，梨花婆娑了千樹萬樹後也就到了清明，萬物萌動。聽那一兩聲啼叫，黃鸝一定窩在那片樹葉下面。瞧那池上的兩塊石頭，影影綽綽的三兩點青苔，已悄悄爬了上去。幽靜的小土路上，團團柳絮在輕風裏往來翕忽，時間好像都忘了趕路，一夢悠長。鄰居家那位姑娘長得真好看呀！在那條採桑的路上不期而遇。難怪我昨天睡得那麼好，原來是預示我今天鬥草要贏，可開心了。讀大晏的詞，很害怕碰到時間，那些句子無不動人心魄。這首詞卻一反常態，寫燕子、梨花、碧苔、黃鸝、柳絮，這也本是稍縱即逝的短命之物，後面也寫到了時間，但作者沒有跳出來，而是完全沉浸其中，那種快樂單純起來，也就沒了時光飛逝的憂慮，覺得「日長」了。

燕子來時新社 梨花落後清明
池上碧苔三四點
葉底黃鸝一兩聲
日長飛絮輕
巧笑東鄰女伴
採桑陌上逢迎
疑怪昨宵春夢好
元是今朝鬥草贏
笑從雙臉生
戲改晏殊詞 子愷童
庚子新秋 子愷畫

# 似曾相識燕歸來

　　詞發展到北宋初期，詞客的作品還是以小令為主，著名的詞客包括歐陽修、大晏（晏殊）和小晏（晏幾道）等。外公說，歐陽修的《採桑子・西湖念語》十首寫盡了西湖的風景和人物，他的《朝中措》「平山欄檻倚晴空，山色有無中」、《生查子》「月上柳梢頭，人約黃昏後」是傳世名句。他還寫過《蝶戀花》：

　　庭院深深深幾許，楊柳堆煙，簾幕無重數。玉勒雕鞍遊冶處，樓高不見章台路。

　　雨橫風狂三月暮，門掩黃昏，無計留春住。淚眼問花花不語，亂紅飛過鞦韆去。

　　晏殊歷經宋真宗、宋仁宗兩朝皇帝，正值河清海晏、政權鞏固、經濟繁榮的年代。晏殊少年及第，做到右諫議大夫、集賢殿學士、同平章事兼樞密使、兵部尚書這樣的高官。晏殊知人善任，選賢任能，他庭前有一副對聯：

　　　　門前桃李重歐蘇
　　　　堂上葭莩推富范

　　「歐蘇」指歐陽修、蘇軾，「富范」指富弼、范仲淹。范仲淹、孔道輔、韓琦、富弼、歐陽修、宋祁等人均被重用。

晏殊仕途平順，身居高位，他的令詞承襲了溫、韋之風，雍容華貴、清新雅淡，又不失含蓄委婉、意趣橫生的藝術風格，例如他的《破陣子》：「燕子來時新社，梨花落後清明。」後人說：「晏元獻（晏殊）尤喜江南馮延巳歌詞，其所自作亦不減延巳。」晏殊詞的風格也屬於《花間集》。他曾寫過一首《浣溪沙》：

一曲新詞酒一杯，去年天氣舊亭台。夕陽西下幾時回？

無可奈何花落去，似曾相識燕歸來。小園香徑獨徘徊。

其中的「無可奈何花落去，似曾相識燕歸來」妙語天成，成為千古名句。

他的幼子晏幾道（晏小山）人稱「小晏」。有一次我和外公、母親一起議論「大晏」和「小晏」。記得外公說：「晏幾道有點像是賈寶玉。」晏幾道少年時乃是風流倜儻的富貴公子，「金鞍美少年，去躍青驄馬。牽繫玉樓人，繡被春寒夜」。（晏幾道《生查子》）隨着父親過世，家道中落，但晏幾道依舊生性高傲，不慕勢利，因而仕途很不得意，一生只做過潁昌府許田鎮監等小吏。

母親稱讚「小山詞真而痴」。母親曾說，對於公子王孫、文人墨客而言，歌妓們只是供尋歡作樂的玩偶，但晏幾道卻不同。晏幾道對歌妓們的欣賞、愛慕，充滿了真摯、深婉、執着的情感，例如他的《臨江仙》：

夢後樓台高鎖，酒醒簾幕低垂。去年春恨卻來時，
落花人獨立，微雨燕雙飛。

記得小蘋初見，兩重心字羅衣。琵琶弦上說相思，
當時明月在，曾照彩雲歸。

小山詞常常道及夢境，有時甚至近痴帶狂（《鷓鴣
天》）：

彩袖殷勤捧玉鍾，當年拚卻醉顏紅。舞低楊柳樓心
月，歌盡桃花扇底風。

從別後，憶相逢，幾回魂夢與君同。今宵剩把銀釭
照，猶恐相逢是夢中。

他的另一首《鷓鴣天》：

小令尊前見玉簫，銀燈一曲太妖嬈。歌中醉倒誰能
恨？唱罷歸來酒未消。

春悄悄，夜迢迢。碧雲天共楚宮遙。夢魂慣得無拘
檢，又踏楊花過謝橋。

後人稱此詞乃「鬼語也」！也就是說晏小山是「詞仙」，
這樣的詞作常人無論如何也寫不出來。

外公說過：「令詞到晏幾道就算寫到頭了。」外公又
說：「晏小山之後嘸得人（石門地方語，意即『沒有人』）再

寫小令。」這裏可能有兩重含義，一是晏幾道的詞令人掩卷改容、不忍卒讀，別人再也寫不出那樣的詞作；二是令詞從溫、韋、李後主到大晏、小晏、歐陽修，差不多發展到頭了，沒有餘地了。小令的句子不夠多，詞客發揮的空間有限，已經不足以表達日益豐富的生活和多元化的場景，滿足不了多層次特別是「市民」階層對文化藝術的需求了。

從柳永寫長調開始，到蘇東坡、辛棄疾等把建功、立業、雄偉、浪漫寫到詞中，徹底結束了溫、韋的小令時代。

# 漁家傲・秋思

〔北宋〕范仲淹

塞下秋來風景異<sup>①</sup>，衡陽雁去無留意<sup>②</sup>。四面邊聲連角起<sup>③</sup>，千嶂裏<sup>④</sup>，長煙落日孤城閉。

濁酒一杯家萬里，燕然未勒歸無計<sup>⑤</sup>。羌管悠<sup>⑥</sup>悠霜滿地，人不寐，將軍白髮征夫淚。

**註釋**

① 塞下：邊塞。

② 衡陽：湖南有南嶽衡山，衡山之南，稱為衡陽。

③ 邊聲：邊塞號角聲。

④ 千嶂：重疊、高險如屏障的山巒。

⑤ 燕然句：山名，即今蒙古國境內杭愛山。勒：鐫刻。《後漢書・竇憲傳》載，東漢和帝永元元年（公元 89 年），車騎將軍竇憲大破匈奴，登燕然山，勒石紀功。歸無計：即無法回家。

⑥ 羌管：羌笛。

**評 述** ······································

　　范仲淹（989-1052），字希文，蘇州吳縣（今江蘇省蘇州市）人。北宋名臣，政治家、文學家，諡文正。工詩詞散文，文辭雅正，其《岳陽樓記》廣為傳誦，有《范文正公文集》傳世。據《東軒筆錄》載，范仲淹守邊日，曾作《漁家傲》樂歌數闋，都以「塞下秋來」為首句，頗述邊鎮之苦。該詞作於宋仁宗康定元年（1040 年），作者任陝西經略副使兼知延州時。邊塞秋風乍起，草木凋零，滿目淒涼。大雁飛走，沒有一點留戀的意思。四面是重疊、高險如屏障的山巒，落日孤寂、狼煙四起、城門緊閉，號角聲起伏在夜色之中。濁酒一杯，家國萬里，戰事尚未平定，何時歸家更是無從確定。耳邊羌笛悠悠，滿地冰霜，夜已深，卻輾轉反側，難以成眠，誰能體會白髮將軍的征役之苦呢？一想起這些眼淚就滾滾而下。王國維曾在《人間詞話》中推舉李白《憶秦娥》「西風殘照，漢家陵闕」「遂關千古登臨之口」，以這篇《漁家傲》差足繼武。全篇以秋風、大雁、邊聲、長煙、落日等蕭瑟意象摹狀征役之苦，該詞給宋初吟風弄月的詞壇吹來一股排蕩、清勁之風。

# 勒石燕然

　　我國歷史上的「外患」幾乎大多來自西北方的遊牧民族。漢族在中原地區發展農耕，經濟發達，生活水平遠遠高於西北的遊牧民族，於是歷史上北方的匈奴、鮮卑、西夏、蒙古、契丹、女真等多次入侵中原。由於遊牧民族常年騎馬射箭，漢軍以步兵為主，抗擊北方的騎兵很困難。於是從戰國、秦朝起就修造長城，但也擋不住侵略。

　　外公講解詩詞時常常給我們講一些歷史故事和話本小說的片段，例如《楊家將演義》《薛仁貴征西》等。外公非常推崇范仲淹，說他文學水平高，寫了千古名篇《岳陽樓記》，以及《漁家傲》《御街行》《蘇幕遮》等詞。他雖是一介文官，卻曾常年駐守邊陲，西夏不敢來犯，外公說范仲淹「胸中自有百萬甲兵」，但常年鎮守邊疆，生活艱苦，難免思鄉心切，「塞下秋來風景異，衡陽雁去無留意」。外公講到「濁酒一杯家萬里，燕然未勒歸無計」時，說東漢將軍竇憲曾率領漢軍大破北匈奴後，登燕然山（今蒙古杭愛山），勒石記功。《後漢書》記載：「憲（竇憲）、秉（耿秉）遂登燕然山，去塞三千餘里，刻石勒功，紀漢威德，令班固作《封燕然山銘》：『上以攄高、文之宿憤，光祖宗之玄靈；下以安固後嗣，恢拓境宇，振大漢之天聲』。」

　　外公說，「勒石燕然」成了武將到邊關建功立業的代名詞，也是中華民族抗擊外敵、保家衛國的傳統。抗戰時期，外公發表過多幅漫畫，描述將士和家人的互相勉勵，以及家人對征人的思念。如「征婦語征夫，有身當殉國。君為塞下土，妾作山頭石」（明·劉績《征婦詞》）和「征夫

語征婦，死生不可知。欲慰泉下魂，但視襁中兒」（明・劉績《征夫詞》）。深刻地表達了妻子深情勉勵、將士視死如歸的情景。正是由於百萬將士的浴血苦戰，正是由於後方家屬親人的全力支持，抗戰才最終獲得勝利。

1937 年全面抗戰爆發，日寇佔領我國大片領土，外公在《劫後重生》一畫中借被砍伐的大樹，描述了中華民族寧死不屈的精神。

外公說，前線上許多兵士被日本鬼子打死了，我們後方能新生出更多的兵士來，上前線去繼續抵抗。前線上死一百人，後方新生出一千人，反比本來多了。現在我們雖然失了許多地方，但增了許多兵士，所以失去的地方將來一定可以收回。中國就好比這一棵樹，雖被斬伐了許多枝條，但是新生出來的比原有的更多，將來可成為比原來更大的大樹。中國將來也能成為比原來更強的強國。

外公還在文章中描述中國軍民在抗戰中不屈不撓的精神的表現，例如粵漢鐵路屢炸屢修，迅速通車；各種機關屢炸屢遷，照常辦公；無數同胞家破人亡，絕不消沉，越加努力抗日，都是外公所讚佩的，都是大樹所象徵的。這大樹真可說是今日的中國的全體的象徵。

抗戰三週年時，外公又發表文章《「七七」三週隨感》：「八一三」到了。敵人的炮火從上海蔓延開來，遍滿江南。抗戰軍從各地雲集攏來，遍滿江南。繁華都市都被摧毀了，重門深院都被打開了。不論風流人物，紈綺子弟，一概要逃警報，逃難，甚至扒車頂，宿涼亭，吃大餅，喝冷水。真如古詞人所詠：『一旦刀兵齊舉，旌旗擁、百萬貔貅。長驅入，歌樓舞榭，風捲落花愁。』（徐君寶妻《滿庭芳》）。」在文章中外公深信中國人民已經奮發起來，為生

存而奮鬥了，抗戰必勝！

　　外公在《中國就像棵大樹》一文中評述、對比中國和歐洲的二戰形勢，他說：「環顧世界的現狀，我們中國人實在可以自矜。挪威揖敵，十二小時便亡國。英國怯弱如婦人，幾次仰德人的鼻息。法國不到一月也就求和而接受繳械的亡國條件。而我們已經支撐三足年了！雖然遍體鱗傷，但好比一株大樹，被斬伐了枝葉，根幹上拚命地抽發出新的條枝來，生氣蓬勃，不久可以長成一株比前更茂盛的大樹。」

　　中國全民抗戰十四年，終於「勒石燕然」，迎來日本投降的勝利喜訊。

# 洞仙歌・冰肌玉骨

〔北宋〕蘇　軾

冰肌玉骨，自清涼無汗。水殿風來暗香滿。
繡簾開，一點明月窺人，人未寢，欹枕釵橫[①]
鬢亂。

起來攜素手，庭戶無聲，時見疏星渡河漢[②]。
試問夜如何？夜已三更，金波淡，玉繩低[③]
轉。但屈指西風幾時來，又不道，流年暗中
偷換。

## 註釋

① 欹（qī）枕：倚靠着枕頭。

② 河漢：銀河。

③ 玉繩低轉：玉繩，星名，常泛指羣星。

## 評述

　　該詞前有小序云：「僕七歲時，見眉山老尼姓朱，忘
其名，年九十餘。自言嘗隨其師入蜀主孟昶宮中。一日大
熱，蜀主與花蕊夫人夜起避暑摩訶池上，作一詞，朱具能
記之。今四十年，朱已死矣，人無知此詞者。但記其首兩

句。暇日尋味，豈《洞仙歌令》乎？乃為足之云。」這是一首「宮體詞」，吟詠後蜀宮中軼事，卻沒有一點浮豔。花蕊夫人是後蜀後主孟昶的妃子，北宋滅後蜀以後，花蕊夫人成為宋太祖趙匡胤的寵妃，後又被宋太宗趙匡義殺害。上闋描繪花蕊夫人相貌，描摹其「冰肌玉骨」，渲染其冷豔清幽。燈影下，美人尚未入睡，月光透過繡簾縫隙照進來，燈影搖曳。下闋寫夜空的疏星、銀河、西風，以烘托花蕊夫人的複雜情愫。既沉醉於君王的寵幸，又憂慮於暗中偷換的流年。年華逝水，迢迢不息，明媚鮮妍又能幾時？作者極寫花蕊夫人的容貌、情感，又將其置於時光的憂慮中，在這種反差之下，表達作者難平之意。

# 花蕊夫人

　　母親對我說，你向外公學過蘇東坡的《洞仙歌》，這首詞是五代後期南蜀皇帝孟昶原著，經蘇東坡修改潤色而成。

　　蘇東坡的時代離五代已經非常久遠。蘇東坡說自己七歲時，曾見到眉州九十歲朱姓老尼姑，她自稱曾隨其師到蜀主孟昶宮中，一日大熱，蜀主與花蕊夫人在摩訶池上納涼，孟昶作了一首詞《玉樓春》，老尼姑還能背誦。四十多年後，蘇東坡還記得其中幾句，把孟昶的詞改寫成《洞仙歌》。相傳蜀帥謝元明在摩訶池邊上見到過石刻的碑文《洞仙歌》：

　　冰肌玉骨，自清涼無汗。貝闕琳宮恨初遠，玉闌干倚遍，怯盡朝寒。回首處，何必留連。穆滿芙蓉開過也，樓閣香融。千片紅英泛波面。洞房深深鎖，莫放輕舟瑤台去，甘與塵寰路斷。更莫遣流紅到人間，怕一似當時誤他劉阮。

　　又有人說孟昶的原著係《玉樓春》：

　　　冰肌玉骨清無汗，水殿風來暗香滿。
　　　繡簾一點月窺人，欹枕釵橫雲鬢亂。

　　　起來瓊戶寂無聲，時見疏星渡河漢。
　　　屈指西風幾時來，只恐流年暗中換。

145

　　母親說孟昶的詞把花蕊夫人描繪成夏夜的仙女，婀娜多姿，容華絕世，摩訶池猶如月宮中的瑤台仙境。又暗示良辰美景，終有絕期，「西風」來時，「流年」更替，令人感慨人生之無常。據《苕溪漁隱叢話》記敍，花蕊夫人姓費，是青城人，被南蜀後主孟昶所寵幸，賜號「花蕊夫人」。她不但有傾城傾國之色，還有文才。南蜀後主只知與花蕊夫人、後宮佳麗玩樂，不思理國。宋太祖趙匡胤統一中原後，出兵五萬餘人進攻南蜀，蜀都十四萬軍隊不戰而降。花蕊夫人被宋太祖趙匡胤召去汴京，路經葭萌時，花蕊夫人在驛站壁上題《採桑子》：

> 初離蜀道心將碎，離恨綿綿，
> 春日如年，馬上時時聞杜鵑。

　　只寫到一半，被押送的軍騎催行。據說在太祖面前花蕊夫人把後半闋續完：

> 三千宮女皆花貌，共鬥嬋娟，
> 髻學朝天，今日誰知是讖言。

　　當年在後宮行樂之時，花蕊已經預感樂極生悲，果然一語成讖。太祖聞後也未免長歎，又令花蕊夫人作亡國之詩。詩曰：

> 君王城上豎降旗，妾在深宮那得知。
> 十四萬人齊解甲，寧無一個是男兒。

　　極言當年南蜀君臣奢侈、荒淫誤國。宋軍僅五萬餘，蜀都守軍十四萬有餘，孟昶竟一籌莫展，屈辱投降。

　　至於後人續寫的花蕊夫人《採桑子》的下闋：「三千宮女皆花貌，妾最嬋娟，此去朝天，只恐君王寵愛偏。」則完全是「戲說」，曲解了花蕊的原意。

　　南蜀後主的文才遠不及南唐李後主，但二人皆為因奢華淫樂誤國，「最是倉皇辭廟日，教坊猶奏別離歌，垂淚對宮娥」，後悔自然來不及了，兩位五代十國最後一代帝王的遭遇何其相似！

# 望海潮・東南形勝

〔北宋〕柳　永

東南形勝，三吳<sup>①</sup>都會，錢塘<sup>②</sup>自古繁華，
煙柳畫橋，風簾翠幕，參差十萬人家。
雲樹繞堤沙，怒濤捲霜雪，天塹<sup>③</sup>無涯。
市列珠璣<sup>④</sup>，戶盈羅綺，競豪奢。

重湖疊巘<sup>⑤</sup>清嘉。有三秋桂子，十里荷
花。羌管<sup>⑥</sup>弄晴，菱歌泛夜，嬉嬉釣叟蓮
娃。千騎擁高牙<sup>⑦</sup>。乘醉聽簫鼓，吟賞煙
霞。異日圖將好景，歸去鳳池<sup>⑧</sup>誇。

## 註釋

① 三吳：據酈道元《水經注》，指吳興（今浙江省湖州市）、
吳郡（今江蘇省蘇州市）、會稽（今浙江省紹興市）三處
地方。

② 錢塘：今浙江省杭州市。

③ 天塹：天然壕溝，極言其險要。指錢塘江。

④ 珠璣：珠寶，代指珍貴之物。

⑤ 重湖疊巘（yǎn）：白堤將西湖分作裏、外兩湖，故稱重
湖。疊巘，層疊的山巒。

⑥ 羌管：即羌笛。

⑦ 高牙：一說為旗竿上飾有象牙的大旗，多為主將所建。
⑧ 鳳池：即鳳凰池。魏晉南北朝時，曾設中書省於禁苑，掌機要，可接近皇帝，稱中書省為「鳳凰池」。

## 評 述

柳永，初名三變，字景莊，崇安（今福建省崇安縣）人。仁宗景祐元年（1034）進士，官至屯田員外郎。對詞境多有開拓。葉夢得《避暑錄話》評其詞云「凡有井水處，即能歌柳詞」，可見其影響。這是柳永在前往開封應試前，寫給兩浙轉運使孫何的一首詞。柳永詞清雅風流，後世廣為傳頌。《望海潮》即是其中名篇。唐代，杭州就已成為都市，到宋代，更是人煙阜盛、盛景非常。作者曾在杭州生活過一段時間，對杭州非常熟悉，也有較深厚的情感。該詞寫錢塘景致，將煙柳、畫橋、雲樹、堤沙次第鋪開，饒有趣味。寫錢塘之海潮，「怒濤捲霜雪，天塹無涯」，筆調陡轉高昂，氣勢漸為雄壯。寫其人煙阜盛，則以「參差十萬人家」狀人之多，又細寫釣叟、蓮娃，頗有層次感。全詞音律，急促、舒緩，錯落有致，意象、韻律，渾然天成。

# 三秋桂子十里荷花

外公非常推崇柳永的《望海潮》，說這首詞「煙柳畫橋，風簾翠幕，參差十萬人家」寫盡了臨安（今杭州）的繁華和風土人情。岳飛、韓世忠抗金取得勝利後一段時期，臨安又恢復到當年汴京的奢華：「市列珠璣，戶盈羅綺，競豪奢。」大舅說，自古至今多少詩人詞客描寫錢江潮的壯觀，都不及柳永的「怒濤捲霜雪，天塹無涯」這兩句。

大舅又說這首詞是柳永在北宋時寫的，這裏還有一個故事。柳永與孫相和原來是布衣之交，後來孫相和任杭州知府，柳永仍是布衣。有一次孫相和開中秋夜宴，門禁很嚴，柳永被拒門外，他就作了這首《望海潮》交給名妓楚楚，請她在宴會上「朱脣歌之」。孫相和一聽，知道能寫出這樣的詞曲「唯耆卿（柳永的字）一人而已」，立刻預留了雅座，親自出外迎接柳永。

柳詞的《望海潮》流傳很廣，卻給南宋帶來災難，據說金主完顏亮羨慕臨安的美景，「欣然有慕三秋桂子，十里荷花，隨起投鞭渡江、立馬吳山之志之意。」（羅大經《鶴林玉露》卷一）後來金兵數度南侵。謝處厚批評說：

> 誰把杭州曲子謳，荷花十里桂三秋。
> 那知卉木無情物，牽動長江萬里愁。

金主完顏亮 1161 年出兵伐宋，與宋軍大戰采石磯戰敗，為部下完顏元宜所殺。《鶴林玉露》評論：「余謂此詞雖牽動長江之愁，然卒為金主送死之媒，未足恨也。」「至

於荷豔桂香，妝點湖山之清麗，使士大夫流連於歌舞嬉遊之樂，遂忘中原，是則深可恨矣。」南宋經過多年發展，經濟繁榮，詞曲文化水平非常高。只是國力衰弱，不堪金、蒙外族的侵略。

柳永官場失意，索性放蕩不拘，破罐破摔，他曾寫出：「才子詞人，自是白衣卿相。煙花巷陌，依約丹青屏障。幸有意中人，堪尋訪。且恁偎紅倚翠，風流事，平生暢。」「忍把浮名，換了淺斟低唱。」（《鶴沖天》）

後人都說柳永只善於做俚詞俗詞。大舅說其實也不然，柳永也曾寫過一首《八聲甘州》這樣的「雅詞」，得到蘇東坡很高的推崇：

對瀟瀟暮雨灑江天，一番洗清秋。漸霜風淒緊，關河冷落，殘照當樓。是處紅衰翠減，苒苒物華休。惟有長江水，無語東流。

不忍登高臨遠，望故鄉渺邈，歸思難收。歎年來蹤跡，何事苦淹留。想佳人、妝樓顒望，誤幾回、天際識歸舟。爭知我，倚闌干處，正恁凝愁。

柳永晚年才得到一個「屯田員外郎」的閒職，據說死後是歌妓們出錢為他安葬。有一首詩說「漢上有墳人弔柳，漳南多塚客疑曹」，每歲清明，詩人詞客在柳永的墓前開「弔柳會」。大舅說，對於柳永的詞，後人還是讚譽的多。「漳南多塚客疑曹」則說的是曹操怕死後別人挖他的墳，就堆了好多個墳，不知哪個是真的。

# 詠蘇小小①

〔不詳〕無名氏

湖山此地曾埋玉②，花月③其人可鑄金④。
慕才亭邊慕才人⑤，小小佳人小小情。

**註釋**

① 該詩內容作者有爭議，前兩句一般認為是集句的，來自
「慕才亭」楹聯。後兩句不知所本，作者亦不詳。

② 埋玉：指埋葬着美人蘇小小。

③ 花月：一作「風月」。

④ 鑄金：茅盾先生認為鑄金用了勾踐鑄范蠡金像的典故。
《吳越春秋》載范蠡功成身退後，「越王乃使良工鑄金象范
蠡之形，置之坐側，朝夕論政」。

⑤ 慕才：指仰慕才女。

**評述**

紀念南朝名妓蘇小小的慕才亭，是杭州西湖邊一處著
名的風景。古往今來，無數文人墨客寫詩追念這位才女佳
人。許多楹聯、詩作作者都不確定，然而名句卻廣為傳
頌，這首《詠蘇小小》就是其中之一。前兩句「湖山此地曾
埋玉，花月其人可鑄金」被鐫刻在慕才亭邊作為楹聯，可
見備受稱揚。第二句中的「花月」，據民國十三年（1924）

印本《海城縣志》中所載的陳宗岱《南遊日記》：「近視石碑，曰錢塘蘇小之墓，始知已至西泠橋畔也。亭中聯語極多集句，如『湖山此地曾埋玉，風月其人可鑄金』。」茅盾先生寫給其表弟陳瑜清的信中也認為是「風月」。有人認為這個「風月」是茅盾改的。從舊志看，民國年間的楹聯確實是「風月」，而不是「花月」，不是茅盾改的。「湖山」與「風月」，都是大自然中美好的事物，而美人長眠於此正得其所，芳魂雖遠，美名卻可以壽於金石，長久地流傳在人們心中。後兩句表現出詩人對蘇小小這位才女的憐惜之情。相傳蘇小小本出身官宦人家，因身形纖弱，故名小小。詩人抓住才與小這兩個特點做文章：「小小佳人」指傳說中佳人的身量與氣質，而「小小情」卻雙關了世人對於蘇小小的熱愛與追念。

# 湖山此地曾埋玉

有一次我和小姨隨外公去杭州，就住在西湖邊上，下午到白堤去散步，到孤山下就看到「慕才亭」，上有一副對聯：「湖山此地曾埋玉，花月其人可鑄金。」

外公說對聯寫的是蘇小小，東晉時期才貌雙全的知名歌妓。蘇小小家曾為官，從江南姑蘇流落到錢塘後，成了當地富商，她的父母只有這麼一個女兒，十分寵愛，因她長得嬌小，所以叫小小。蘇小小十五歲時，父母謝世，家道中落，為生活所迫，成了歌妓。因她天生秀美，氣韻非常，又有深厚的文化底蘊，在她身邊總有許多風流倜儻的少年。蘇小小成了錢塘一帶有名的詩妓。外公說蘇小小還寫過一首詩：

妾乘油壁車，郎跨青驄馬。

何處結同心，西陵松柏下。

當然，詩是否真是她寫的，已經無從考證。外公又給我們介紹了前人寫的有關蘇小小的詩：

妾本錢塘江上住，花落花開，不管流年度。燕子銜
將春色去，紗窗幾陣黃梅雨。斜插犀梳雲半吐，檀
板輕敲，唱徹黃金縷。望斷行雲無覓處，夢回明月
生南浦。　　　　　　　　　（司馬槱《黃金縷》）

小溪澄，小橋橫，小小墳前松柏聲。碧雲停，碧
雲停，凝想往時，香車油壁輕。溪流飛遍紅襟鳥，

157

橋頭生遍紅心草。雨初晴，雨初晴，寒食落花，青驄不忍行。　　　　　　　（朱彝尊《蘇小小墓》）

萬古荒墳在，悠然我獨尋。寂寥紅粉盡，冥寞黃泉深。蔓草映寒水，空郊曖夕陰。風流有佳句，吟眺一傷心。　　　　　　　（權德輿《蘇小小墓》）


外公說，妓女之中，會寫詩詞的不在少數。

詞客秦觀曾寫過一首著名的《滿庭芳》，得到他的老師蘇東坡的稱讚，在京師廣為傳唱：


山抹微雲，天連衰草，畫角聲斷譙門。暫停征棹，聊共引離尊。多少蓬萊舊事，空回首、煙靄紛紛。斜陽外，寒鴉數點，流水繞孤村。


銷魂、當此際，香囊暗解，羅帶輕分。謾贏得、青樓薄倖名存。此去何時見也？襟袖上、空惹啼痕。傷情處，高城望斷，燈火已黃昏。


一位歌妓琴操在吟唱時把第一句錯唱為：「山抹微雲，天連衰草，畫角聲斷斜陽。」有人問她，你能改秦少遊的這首詞的韻嗎？琴操立刻改唱為：


山抹微雲，天連衰草，畫角聲斷斜陽。暫停征棹，聊共引離觴。多少蓬萊舊侶，空回首、煙靄茫茫。斜陽外，寒鴉萬點，流水繞空牆。


銷魂、當此際，輕分羅帶，暗解香囊。謾贏得、

青樓薄幸名狂。此去何時見也？襟袖上、空有餘香。傷情處，高城望斷，燈火已昏黃。

改寫後的詞比秦學士的原詞一點都不差，可惜這位文才極高的歌女，最後削髮為尼，與青燈古佛相伴終老。

那天晚上我們到一個茶樓聽京劇。唱戲的都是女子，外公說她們原來也是歌妓，每晚在一隻西湖船上唱戲，客人也坐西湖船，圍在這隻船四周，客人可以「點人點戲」，1949年後她們改到茶樓唱戲。

當夜聽戲的還不少，一面喝茶嗑瓜子，一面點戲聽戲，記得點一出五角錢。我們進去時正聽一名女老生唱《珠簾寨》：「嘩啦啦打罷了三通鼓，老蔡陽的人頭落馬前。」聽着覺得唱得還行。我們商量了一下，決定點一出《二進宮》。我和小姨曾在上海看過譚富英、張君秋、裘盛戎的《二進宮》，他們三位是京劇第二鼎盛期的著名演員。譚富英是「後四大鬚生」之一，張君秋是「四小名旦」之一，裘盛戎是裘派花臉的創始人。

收費的說《二進宮》由三位小姐唱，要一元五角。當時一元五角錢不算少，我們還是同意了。青衣（李艷妃）、老生（楊波）和大面（即花臉，徐延昭）由三位女子來唱，唱老生和大面（花臉）的已是徐娘半老，唱青衣的還年輕。《二進宮》最精彩的一段是老生、青衣、花臉跪在地上的對唱：

「嚇壞了，定國王，兵部侍郎。」

「自從盤古立帝邦，君跪臣來臣不敢當。」

「非是哀家來跪你，跪的是我皇兒錦繡家邦。」

……

但對唱時，青衣忘了幾句詞，拉胡琴的墊了過去，唱大面的稍年長的女子直瞪她。唱完後管事的過來道歉，說那位年輕的學戲時間短，要退一半錢，我們示意不必了，她們也不容易。

蘇小小墓在「十年浩劫」中被毀壞，2004年杭州市政府決定重修蘇小小墓，重建後的「慕才亭」內有十二副楹聯，邀請了十多位書法家題寫：

桃花流水窅然去，油壁香車不再逢。

金粉六朝香車何處，才華一代青塚猶存。

燈火疏簾盡有佳人居北裏，笙歌畫舫獨教芳塚佔西泠。

幾輩英雄拜倒石榴裙下，六朝金粉尚留抔土壟中。

千載芳名留古跡，六朝韻事着西泠。

湖山此地曾埋玉，花月其人可鑄金。

花鬚柳眼渾無賴，落絮游絲亦有情。

亭前瞻柳色風情已矣，戶上寄萍蹤雪印依然。

且看青塚留千古，漫道紅顏本暫時。

煙雨鎖西泠剩孤塚殘碑浙水嗚咽千古憾，琴樽依白社看明湖翠嶼櫻花猶似六朝春。

花光月影宜相照，玉骨冰肌未始寒。

十載青衫頻弔古，一抔黃土永埋香。

楹聯中的許多典故，都出自前面提到的與蘇小小有關的詩詞，這是後話了。

160

# 登飛來峯①

〔北宋〕王安石

飛來峯上千尋塔②，聞說雞鳴見日升③。
不畏浮雲④遮望眼，只緣身在最高層⑤。

**註釋**

① 飛來峯：一說在浙江紹興城外的林山，唐宋時有座應天塔。傳說此峯是從琅琊郡飛來的，故名飛來峯；一說在浙江杭州西湖靈隱寺前。

② 千尋塔：尋，古代長度單位，八尺為一尋。

③ 聞說：聽說。

④ 浮雲：在山間浮動的雲霧。

⑤ 緣：因為。

**評述**

王安石（1021-1086），字介甫，號半山，封荊國公。北宋撫州臨川人，北宋政治家、文學家，唐宋八大家之一。傳世文集有《臨川集》等。宋仁宗皇祐二年（1050）夏，王安石在浙江鄞縣知縣任滿，回到家鄉江西臨川，途經杭州，寫下了這首詩。那時，意氣風發的王安石只有三十歲，他初涉宦海，抱負不凡，正好借登飛來峯來抒發胸臆，表現出了與眾不同的寬闊懷抱。山頂上的寶塔借助

山勢，更顯得有千尋那麼高。千尋是八千多尺 —— 這當然是一種誇張的說法。詩人還講述了這樣一個傳說：如果站在塔上，雞鳴五更的天氣，就可以看到海上的日出了，可見塔的高聳入雲。我們想像一下飛來峯那聳入雲天的磅礴氣勢吧！登臨塔頂，很自然地看到山間的雲霧都浮動在半山腰上，而自己恍惚置身雲層之上。那麼這種奇妙的體驗是為甚麼呢？詩人給出了他的答案：「只緣身在最高層。」只是因為我身處在最高處，站得高，看得遠，所以不懼怕任何浮雲的羈絆，能夠一往直前地實現理想與抱負。全詩融理於景，既思緒縝密，天衣無縫，又前後關照，渾然一體。有研究者認為能從詩中讀出後來銳意變法的王安石獨特的精神氣質。

# 峯從何處飛來

　　飛來峯是杭州靈隱寺旁的山峯。相傳有一天，靈隱寺的濟顛法師算知有一座山峯就要從遠處飛來，法師就奔進村裏勸大家趕快離開，村裏正在辦婚禮，誰也不聽他的話。濟顛法師急了，背起正在拜堂的新娘子就跑。村人見和尚搶新娘，就都呼喊着追了出來。人們正追着，忽見天昏地暗，一座山峯飛降靈隱寺前，壓沒了整個村莊。這時，人們才明白法師搶新娘是為了拯救大家，於是就把這座山峯稱為「飛來峯」，並修建了五百羅漢堂，鎮住了這座山。

　　小時候隨外公住在杭州時常去靈隱寺，後來遊杭州又去過靈隱寺多次，外公常給我講靈隱寺的故事。這是杭州的一所古寺，也是佛教十大叢林（寺廟）之一，相傳東晉咸和初年（326），西印度僧人慧理和尚由中原雲遊至武林（即今杭州），見有一峯而歎曰：「此乃中天竺國靈鷲山一小嶺，不知何代飛來？佛在世日，多為仙靈所隱。」他以為是「仙靈所隱」，就在這裏建寺，取名靈隱，山外四個大字「咫尺西天」。靈隱寺內大雄寶殿中釋迦牟尼佛、阿彌陀佛、藥師佛三尊大佛左右的十八羅漢與別的寺廟不同，略微向前傾斜站立，更顯得虔誠、專注，給我留下深刻的印象。

　　靈隱寺天王殿外有一冷泉亭，傳說蘇東坡在杭州做太守時，常在冷泉亭上飲宴賦詩。飛來峯是江南少見的古代石窟藝術瑰寶，可與四川大足石刻媲美。蘇東坡曾有「溪山處處皆可廬，最愛靈隱飛來峯」的詩句。

165

那年外公、姑外婆（豐滿，外公的三姐）他們帶我遊靈隱寺飛來峯，瞻仰了大雄寶殿的「過去、未來、現在」三尊大佛（即「燃燈佛、釋迦牟尼佛、彌勒佛」）。外公在冷泉亭上給我們講飛來峯和冷泉的傳說。

明代畫家、書法家董其昌曾為冷泉亭寫過對聯：「泉自幾時冷起，峯從何處飛來。」此聯和周際的山水風情引起後人的無限遐想，此後仁者見仁，智者見智，紛紛續寫對聯。左宗棠的對聯是：「在山本清，泉自源頭冷起；入世皆幻，峯從天外飛來。」晚清學者俞樾的對聯是：「泉自有時冷起，峯從無處飛來。」而俞樾的夫人只改了一個字，大家看了都拍手稱絕：「泉自冷時冷起，峯從飛處飛來。」[1]

姑外婆說佛家講究「從來處來，到去處去」。姑外婆熟讀《紅樓夢》（據說讀過二十遍），她講到「情小妹恥情歸地府　冷二郎一冷入空門」一節，尤三姐為柳湘蓮殉情，柳湘蓮以鴛鴦劍中的雌劍為尤三姐殉葬後，在夢中見到尤三姐向他灑淚道：「妾痴情待君五年，不期君果冷心冷面，妾以死報此痴情。妾不忍相別，故來一會。從此再不能相見矣！」湘蓮在夢中哭醒，竟是一座破廟，旁見到一位道士，忙起身問道士法號，從何處而來，此係何處，欲去何方？道士說他「不知此係何方，我係何人」，湘蓮聽了，冷然如寒冰侵骨，用那把雄劍把腦後萬股煩惱之絲一揮而盡，隨那位道士而去，不知所蹤。

多年後，在愛因斯坦提出廣義相對論 100 週年之際，我在中國科學院為學生做講座：137 億年前發生了一次大爆炸，宇宙從一個具有無限大密度和高度非線性的時間、

---

1　段寶林，江溶：《中國山水文化大觀》，第 636 頁，北京大學出版社，1996。

空間的「奇點」（有人打比方說當時的宇宙直徑只有半公里）
開始膨脹至今，最外層冰冷的「剩餘微波背景輻射」（大約
零下 270 攝氏度）就是大爆炸最初輻射出去的光子，這也
是當代天文學家所能探測到的最「深」的宇宙邊界。講到
這裏我停了下來，忽然憶及當年靈隱寺的「靈鷲飛來」，想
起「泉自冷時冷起，峯從飛處飛來」，想起大雄寶殿大佛的
「過去、未來、現在」，想像「不畏浮雲遮望眼，只緣身在
最高層」的因因果果。如今外公、姑外婆早已作古，每個
人短暫的一生，無非是到這世上「暫來歇腳」而已，感慨宇
宙、世界和人生之無常。

　　這時一位女研究生站起來提問：「宋老師，是誰給了第
一把力，使得高度平衡的『嬰兒宇宙』發生大爆炸？宇宙的
邊界之外是甚麼？歸誰管？」這是一個典型、根本的宇宙
起源和演化問題，是無解的問題，我不知怎麼回答。忽然
想起有一首很時尚的歌曲《大王叫我來巡山》，我告訴大家
小妖怪的歌詞：「別問我從哪裏來，也別問我到哪裏去，我
就是一個努力幹活還不粘人的小妖精。」大概這就是宇宙
的答覆！講座在學生們的哄笑聲中結束了。

# 本事詩‧春雨

〔近代〕蘇曼殊

烏舍<sup>①</sup>凌波肌似雪，親持紅葉索題詩<sup>②</sup>。

還卿一缽無情淚，恨不相逢未剃時。

春雨樓頭尺八簫<sup>③</sup>，何時歸看浙江潮<sup>④</sup>。

芒鞋破缽無人識，踏過櫻花第幾橋。

---

**註 釋**

① 烏舍：烏舍（Usas）是古印度吠陀神話中的曉之女神，是
　天父特尤斯（Dyaus）的女兒，也是諸神中最美的女神。
　她擅長文學，任務是打開天窗，祛除黑暗。她穿着灰色
　如舞姬一樣的衣服，外貌永遠像少女一般。

② 紅葉題詩：唐孟棨《本事詩》中記載，詩人顧況在御河流
　水中拾得桐葉，上有落寞宮女的題詩。次日，顧況和詩
　一首，也題在桐葉上，從上游放入波中。十餘日後，顧
　況的友人又拾到了新的題葉詩。

③ 尺八簫：蘇曼殊《燕子龕隨筆》：「日本『尺八』狀類中土
　洞簫，聞傳自金人，其曲有名《春雨》，陰森淒惘。」

④ 浙江潮：浙江即錢塘江，每年農曆八月十五前後杭州灣
　的海潮是著名的景觀。清末留日浙江籍學生創辦的革命
　刊物《浙江潮》即借用其名。在赴日之前，詩人曾長期在
　杭州養病。

**評述** ....................

　　蘇曼殊（1884-1918），近代作家、詩人、翻譯家，廣東香山人。原名戩，字子穀，曾三次出家，又三次還俗，法號曼殊。能詩善畫，多才多藝，詩風「清豔明秀」，有《曼殊全集》傳世。孟棨的《本事詩》專門搜集與唐詩有關的故事，蘇曼殊的《本事詩》寫的也是詩人自己的故事。柳無忌認為這十首愛情組詩是蘇曼殊為他所鍾愛的日本歌伎百助楓子所寫。此詩是其中第一首，表達了蘇曼殊在禪佛與世俗情慾間的掙扎。首聯用印度傳說中的神女烏舍比擬心上人百助楓子，盛讚她的肌膚潔白如雪，並且對自己的詩才十分仰慕。「紅葉題詩」的典故暗示雙方唱和往還，互相鍾情，但卻礙於僧人身份，無法結合。「還卿一缽無情淚，恨不相逢未剃時」，化用了唐人張籍《節婦吟》中「還君明珠雙淚垂，恨不相逢未嫁時」的詩意。將「未嫁」改為「未剃」，一字之別，凸顯出自己深愛百助而不能結合的苦悶與傷懷。頸聯的名句創造出一種淒迷哀婉的意境：絲絲春雨中，日式小樓上，嗚咽的簫聲引逗出詩人濃濃的鄉愁 —— 何日能夠回歸故國，看一眼浙江潮水。尾聯的「芒鞋破缽」點明了蘇曼殊的僧人身份，孤獨的托缽僧人行過櫻花爛漫的橋頭，極絢爛而倍淒涼，頗有幾分日本「物哀」文學的情致。

# 浙江潮

　　當年外公常常端着茶杯，在寓所「日月樓」的陽台上來回踱步，吟誦詩詞，時而講解逸聞趣事，我邊聽邊學，這也是一種特殊的教學方法吧。有一次他反覆吟讀蘇曼殊的名句「春雨樓頭尺八簫，何時歸看浙江潮」，給我講曼殊大師亦僧亦俗的逸聞趣事。忽然問：「錢塘江大潮是甚麼時候？」我們回答：「下個禮拜，陰曆八月十八。」外公決定全家去海寧看潮。當時我在復興中學讀高一，這是上海的重點中學，一般不允許請假。聽說是豐子愷先生的意思，班主任徐珣貞老師向校方請，校長姚晶破例准假，外公全家加上我包一輛出租車去了海寧。

　　大潮還沒來時江水很淺，有幾個人在江中捕魚，外公告訴我這些人是「弄潮兒」，他隨口吟誦李益的《江南曲》：

> 嫁得瞿塘賈，朝朝誤妾期。
> 早知潮有信，嫁與弄潮兒。

　　外公說這是以一位年輕女子口吻寫的詩，感歎她的丈夫忙於到四川做生意，常常逾期不回，還不如錢塘江潮守信，每年逢陰曆八月十八大潮一定準時到來。「潮有信」是一語雙關，以潮水有信來反襯人的無信。外公由此引發聯想，說道：「一個人守信最要緊。」

　　說到「潮有信」，大家議論《水滸傳》，花和尚魯智深一生打抱不平，上梁山殺富濟貧，後來被朝廷招安征方臘，征戰到臨安，住在一個寺廟裏。晚上聽見一陣緊似一陣的

171

濤聲，問住持是甚麼聲音。住持回答是浙江潮，年年在這個時辰準時到來。聽到這番話，魯智深想起師父智真長老的偈語「聽潮而圓，見信而寂」，幡然而悟，打坐終夜，圓寂歸西去了。

外公在赴杭州的火車上還創作了一首「回文詩」《浙江潮》，他在與張梓生先生探討詩詞的書信中說：

> 我杭州回來已數天。在杭途遇雪山，談了片刻，他候你到杭。我在火車裏做了兩首回文詩：
>
> 浙江潮水似天高，暮雨飄時聞客話浙江潮
>
> 送春歸又夢春回，蝴蝶飛回腸欲斷送春歸
>
> 聊以繳卷。你有幾首繳卷？盼望來共飲老酒淡詩。
>
> 致敬
>
> 弟愷　叩
>
> （1958 年）五月廿九日（上海）

回文詩，也叫回環詩，指正讀、倒讀都能成詩的一種詩體，始創者據傳為南北朝時期的女詩人蘇蕙。外公這首「回文詩」的讀法是：「浙江潮水似天高，水似天高暮雨飄；暮雨飄時聞客話，時聞客話浙江潮。」最後又兜回「浙江潮」三次，可以形成「無限循環」。

外公還寫過兩首環形的回文詩。一首是五言回文詩，註明：「從任何一字起，或左行或右行，皆成一五絕（五言絕句），清某人硯上銘。」例如可以讀成：

花豔舞風流，霧香迷月薄。
霞淡雨紅幽，樹芳飛雪落。

可以反過來讀：

落雪飛芳樹，幽紅雨淡霞。
薄月迷香霧，流風舞豔花。

也可從當中任何一字讀起。構成的詩都有點勉強，但畢竟成詩。

另一首為四言回文詩，外公註明：「從任何一字起，或左行或右行。皆成二句四言詩，某日本人茶壺上銘。」例如可以讀成：

曉河澄雪，皎波明月。

也可從第三個字起讀成：

澄雪皎波，明月曉河。

# 菩薩蠻・金陵賞心亭為葉丞相賦

〔南宋〕辛棄疾

青山欲共高人語，聯翩<sup>①</sup>萬馬來無數。煙雨卻低回，望來終不來。

人言頭上髮，總向愁中白。拍手笑沙鷗<sup>②</sup>，一身都是愁。

## 註釋

① 聯翩：連綿不斷。

② 沙鷗：沙灘、沙洲上棲息的鷗鳥。

## 評述

這首詞寫於南宋孝宗淳熙元年（1174）春季，辛棄疾當時在江東葉衡的部下任官，葉氏對辛棄疾頗為器重。整首詞鬱結憤懣，愁腸百結，以山擬人，連綿不斷的青山想要跟高人說話，像千軍萬馬一樣迎面而來。山中雲霧低回，盼望的雨卻始終沒有到來。人們總說，頭髮總因愁由黑變白。瞧那渾身雪白的沙鷗，真是一身都是愁呀。辛棄疾的愁來自難酬的壯志，金兵入侵，朝廷主和，辛棄疾主戰，因而未得到重用。作者憂愁憤懣，情以物興，體物寫其志。將青山、煙雨與自己置換，其實是作者自況，盼望能與「高人」商討國事，極力抗戰。作者內心的壯志、憂愁、憤懣，在這種置換中委婉流於筆端。

滿眼兒孫身外事
閒搔白髮對斜陽
子愷畫

# 白髮詩

有一次外公教我辛棄疾的《菩薩蠻》:「人言頭上髮,總向愁中白。拍手笑沙鷗,一身都是愁。」外公對我們說:悲苦、憂愁容易讓人生白髮。外公又說:「白髮鑷不盡,根在愁腸中。」當年辛棄疾是主戰派,得不到朝廷重用,眼見國土淪喪,自己空有一身本事,卻報國無門。辛詞最後兩句我們都不明白,外公說:「沙鷗一身白羽,豈非一身都是愁嗎?」外公說白居易有一首《白鷺詩》:

> 人生四十未全衰,我為愁多白髮垂。
> 何故水邊雙白鷺,無愁頭上也垂絲。

白詩言愁用的是白描,辛詞言愁用的是隱晦。早在1945 年抗戰勝利後,外公就已是一頭白髮,他在給朋友夏宗禹的信中曾說過:「流亡八年,為子女費了許多心,長了許多白髮。今已大學畢業,而勝利已經在望。我希望大家團聚,多得相見,也是一種安慰。雖然明知這是一種痴想,但不能避免。」外公還引用竇鞏的《代鄰叟》:

> 年來七十罷耕桑,就暖支羸強下牀。
> 滿眼兒孫身外事,閑梳白髮對殘陽。

並揶揄「只有白髮是自己的，愛憐子孫，實是痴態，可笑」。[1]

新中國建立初期，外公雖身在繁華的上海，卻儘量遠離社會政治，以翻譯俄文長篇小說為主，低調生活，時而喝酒、喝茶，身邊常有兒孫陪伴，時而吟詩，時而出遊，真正過上了「滿眼兒孫身外事，閒梳白髮對斜陽」的日子。直到1960年擔任上海中國畫院院長、全國政協委員之後，才開始經常參加各種社會活動。

記得有一天晚上外公赴宴歸來，他滿面紅光，非常興奮，告訴我們：「今天晚上周總理請我們吃酒。」總理見到外公就說：「豐老您真是美髯公啊！我想留鬍子就是留不起來。」外公則回答：「總理雄姿英發、風度翩翩，無人企及。」外公和總理都出生於1898年，但總理確實顯得年輕多了。

---

1　豐子愷：《致夏宗禹信》，見豐陳寶，豐一吟編：《豐子愷文集》（文學卷三），第397頁，浙江文藝出版社，浙江教育出版社，1992。

# 阿英詞（《聊齋志異》）

〔清〕蒲松齡

閒院桃花取次開[1]，昨日踏青小約未應乖[2]。
囑付東鄰女伴，少待莫相催，着得鳳頭鞋子
即當來。

**註 釋**　. . . . . . . . . . . . . . . . . . . . . . . . . . . . . . . . . .

① 取次：隨便，任意。

② 乖：指爽約。

**評 述**　. . . . . . . . . . . . . . . . . . . . . . . . . . . . . . . . . .

　　《阿英》是《聊齋志異》中的名篇。小說講述盧陵甘玉
矢志為弟甘玨尋佳偶，在匡山僧寺偶救秦氏女。她牽綫使
得秦氏表妹阿英與甘玨結為夫婦。在中秋宴飲時阿英顯露
破綻，化鸚鵡而去。後甘玨再娶，阿英又在戰亂中復來相
助，精心裝扮新婦姜氏及甘玉婢妾。阿英與嫂友善，時常
探望。最終因甘玨的狎昵行為而離去。《阿英》的情感故事
之所以動人，是因為它在一個因果報應的框架下涵蓋了愛
戀、友善、報答、親情等多重主題。美麗動人、善解人意
的主人公阿英在小說的後半部分才出場。而引出她的表姊
秦氏（秦吉了）與甘玉僧寺廟相逢之時所唱的這首詞作，詞

簡意豐，涵義雋永。這是一首典型的「精怪詩」，表達了不受人間禮法約束的鳥兒（秦吉了）精靈對人怪之間約會與愛戀的大膽渴望。桃花、踏青這些意象將自然界美麗的春色展露無遺。女子以繡鞋為信物，約會情郎，情感表露直白而新奇，因而令人印象深刻。

# 阿英詞

外公家有講故事的傳統。那時外公家借住在上海福州路 671 弄 7 號，這是一幢三層樓房，是開明書店老板章雪琛的房子。臨睡前關燈後，大家躺在牀上，外公就開始講故事，他講過全本《三國演義》和《東周列國志》，還有《聊齋志異》《幽明記》《夜雨秋燈錄》《子不語》等書中的精彩片段。外公看過的書多，看得快，記性又好。常常是白天看過一遍，晚上就講。聊齋中大部分都是鬼狐的故事，我讀小學時，有時聽故事害怕了，外公就招呼我睡到他邊上，我才入睡。記得外公講過《聊齋》中的《辛十四娘》《羅剎海市》《胡四娘》等故事。

《阿英》講的是書生甘玉父母雙亡，他一心要為弟弟甘珏找一位漂亮的媳婦。有一次在匡山寺讀書，夜裏看見窗外三四女郎席地而坐，數位侍女陳設酒席，皆為殊色。其中一位女孩低吟道：

> 閒院桃花取次開，昨日踏青小約未應乖。
> 囑付東鄰女伴，少待莫相催，着得鳳頭鞋子即當來。

吟罷，大家無不讚歎，活脫是一次村姑們的聚會。忽然一個醜陋的大漢進來，咬斷了吟唱姑娘的手指。甘玉仗劍和大漢爭鬥，救下女郎，並為她包紮。女孩說她姓秦。甘玉心裏打算把她許配給弟弟，但幾天後女孩不見了。打聽了一下，周圍並沒有這個姓。

弟弟一日在郊外遇到一位二八姝麗（十五六歲的漂亮女孩）。女孩問他是否甘家二郎，並泣訴她就是阿英，本來是甘家老父許配給甘珏的，問甘珏怎麼又去找姓秦的女孩？我要問問你大哥，把我怎麼辦？甘珏非常喜歡這位女孩，說父兄爽約的事他實在不知道，強拉阿英回家。後來發現阿英有分身的法術，最後阿英承認自己是隻鸚鵡，姓秦的女孩是她的表姐。

原來甘家老父曾養過一隻漂亮的鸚鵡，還對小兒子開玩笑說將來讓這隻鸚鵡當你的媳婦。不久後這隻鸚鵡掙脫逃走了。

後來甘家蒙受巨變，阿英救了他們，給甘珏做了幾天媳婦。有一天忽然不見了，只看見一隻狐狸叼着一隻鸚鵡，大家趕緊把鸚鵡救了下來，鸚鵡緩過氣來後，對甘珏的嫂嫂說了一聲：「嫂嫂，別了。」展翅飛去，不知所終。

外公那幅《閒院桃花取次開》的畫，已經從《聊齋》的鬼神故事中走出來，完全進入日常生活：描寫一位十五六歲的漂亮村姑在穿鞋，準備和女伴們一同出遊。

這幅畫在構圖上，右邊是畫，左邊是詩，左上角的紅色繫繩和左下角的貓，在詩與畫之間形成了過渡，佈局十分妥貼。畫裏的姑娘正在穿鞋，目光落在右足的紅鞋上，「鳳頭鞋子」是點題的，但整幅畫作的點睛之筆卻是倚在牆角的綠傘，這柄傘解釋了詩中「昨日踏青小約未應乖」的原因 —— 昨天下雨了，現在雨停了，所以穿新鞋子出門了。

外公的一顆童心從未泯滅。他曾在《兒童世界》雜誌上發表《有情世界》，給孩子們講「月亮姐姐」「蒲公英妹妹」

「杜鵑花妹妹」「白雲伯伯」的故事[1]；講《大人國》的故事等。

母親曾教過我辛棄疾的一首詞《鷓鴣天》：

> 陌上柔桑破嫩芽，東鄰蠶種已生些。
> 平岡細草鳴黃犢，斜日寒林點暮鴉。
>
> 山遠近，路橫斜，青旗沽酒有人家。
> 城中桃李愁風雨，春在溪頭薺菜花。

母親說，「城中桃李愁風雨，春在溪頭薺菜花」，外公的畫常常着筆於村姑、尋常人家的女孩，如《貧賤江頭自浣紗》《貧女如花只鏡知》《花不知名分外嬌》等，同情、讚賞普通人家的女子，這和外公畫《阿英》的主旨是相同的。

---

1　豐子愷：《有情世界》，見豐陳寶，豐一吟編：《豐子愷文集》（文學卷二），第315頁，浙江文藝出版社，浙江教育出版社，1992。

# 過故人莊①

〔唐〕孟浩然

故人具雞黍②，邀我至田家。
綠樹村邊合，青山郭外斜③。
開軒面場圃④，把酒話桑麻。
待到重陽日，還來就菊花。

## 註　釋

① 過故人莊：拜訪老友的田莊。過，拜訪。

② 具雞黍（shǔ）：準備豐盛的農家飯。具，準備，置辦。雞黍，雞和黃米飯。

③ 郭：村莊的外牆。

④ 場圃：打穀場和菜園。

## 評　述

　　孟浩然是盛唐山水田園詩人。這首《過故人莊》寫於他隱居鹿門山中時。孟浩然的筆觸自然疏淡，沒有絲毫矯揉造作之態。這在歌詠應酬朋友請客的作品中實屬難能可貴。他描繪了朋友殺雞蒸好黃米飯，盛情邀請，寫村邊的綠樹與村外的青山，筆鋒一轉，描繪到吃飯的地方就在打穀場和菜園子旁，聊天的話題也集中在農桑之事，十分淳

樸自然。一頓美餐結束，詩人還與朋友約定好，等到重陽時節，再來賞菊飲酒。全詩從頭至尾，看似是未經剪裁的自然時間的流轉敍述，實則是經過詩人精心選取的若干美好場景接續而成的村居盛宴圖。主人的真誠，客人的隨性，以及事情的前因後果都在八句詩中被交代得清清楚楚，而又絲毫看不到雕琢斧鑿的痕跡，絲毫不覺費心費力，渾然天成。這是孟浩然的田園詩雄踞詩壇的重要原因。

# 子愷漫畫的贋品鑒別

外公是一位「平民畫家」「大眾畫家」。他的畫惟妙惟肖地描寫兒童，描寫普通百姓的日常生活，因此得到廣大羣眾的喜愛。朱光潛先生曾說過：「他的畫極家常，造境着筆都不求奇特古怪，卻於平實中寓深永之致。他的畫就像他的人。」上世紀三四十年代，報刊形容豐子愷是「名滿天下、婦孺皆知」。他的畫被許多人收藏。

進入 21 世紀，「豐迷」「豐粉」的主體漸漸變成「70後」、「80後」、「90後」、「00後」和「10後」。

2019 年 4 月中旬，我專程到青島參加「人間情味，青島豐采」展會，為大家講解子愷漫畫背後的逸聞軼事，偶遇到一位朋友，專門帶來一幅豐子愷的畫《把酒話桑麻》，請我們鑒定，他說這幅畫是他父親傳給他的，珍藏至今。畫面破損，顯然是歷經了戰亂和政治運動保留下來的。我告訴他，外公的畫《把酒話桑麻》有幾種版本。他的畫雖然破舊，但 100% 是真跡，盼他找人修復後好好保存。在青島展會，居然看到外公的真跡，真令我，也令在場的我的弟妹、觀眾們激動不已。

有一位收藏界的朋友說，書畫拍賣市場上，唯有豐子愷的畫，拍賣價年年上漲。近年來，網上和拍賣市場上「子愷漫畫」贋品不少，屢有人模仿。前些年小姨說網上假的子愷漫畫佔到 60% 以上，近年竟佔到 80%-90%！常有人拿着畫找到小姨豐一吟，請她鑒定真偽。

小姨說過：「我待在父親身邊數十年，看他作畫的機會比別人多些，也就賣賣老資格。」「父親作畫前往往先用木

炭條勾一個大致的草稿（尤其是人物），畫畢後用手帕拍去木炭。有時會留下一點痕跡。」[1] 所以有木炭痕跡的畫未必是假畫。

我讀中學時曾向外公學畫，從上世紀八十年代起，又花功夫向小姨學「仿豐畫」。在教我畫畫期間，小姨給我講過不少辨別豐子愷漫畫的技巧和故事。

她說，首先看畫題。外公是書法家，他的字自成一體。小姨說：「自成一格的『子愷書法』便與『子愷漫畫』同時誕生。」「嚴謹中帶有瀟灑，凝重中不失嫵媚。」小姨又說：「用蘇東坡的『端莊雜流麗，剛健含婀娜』十個字來評論我父親的書法，是很恰當的。」[2] 顯然，外公的字極難模仿，往往一看畫題書法便知真假。

上世紀九十年代我住在中關村科學院宿舍，有一天晚上我和愛人散步到一個大商場，樓上有一層賣字畫。其中有一幅豐子愷的畫，畫幅較大，標價兩萬元。我仔細看了看，從畫題書法到楊柳、山石、人物、枯筆等看出共計五類錯誤，肯定是贗品。我打電話告訴小姨，她讓我告訴商場經理這是假的，買家肯定是豐迷，那個年代兩萬元不是小數目，花大錢買一幅假畫太不值。由於工作忙，我過了半個月才去商場，一看那幅畫沒有了。我問經理，他說：「賣了呀，這是大畫家的畫，兩萬元太值了。」我無言以對。

小姨還給我講過兩個有趣的故事。外公早年向李叔同先生學素描學油畫，走的是西洋畫的路子，外公又受到中國古代水墨畫的影響，直到去日本留學，外公偶爾發現竹

1　豐一吟：《天於我，相當厚》，第99頁，上海遠東出版社，2009。
2　豐一吟：《〈豐子愷書法〉編後記》，見《豐子愷書法》，四川美術出版社，1988。

久夢二的畫冊，得到很多啟發，從此畫風一變，經過若干年「修煉」，形成自己「嘗試成功自古無」的風格。也就是說外公的畫風有一個演變過程，而外公的早年畫作幾乎絕跡。八十年代有位海外華人持一幅外公早年的畫請小姨欣賞，這是她以二十萬新加坡元拍下來的，果然是外公早期的畫風。小姨說，仔細看看，看出破綻。比方說外公二十八歲可以畫他二十六歲的風格的畫，但絕不能畫他三十歲風格的畫。根據這幅畫上的題款，正是犯了時間上的錯誤（物理上稱為「時間反演」），肯定是贋品，但畫得真好！

還有一次，一位朋友持一幅外公的畫請小姨欣賞，這幅畫的宣紙是黃色的。小姨告訴我這幅畫也是假的。小姨說，外公從來都用白色的宣紙作畫。也有例外，比如有朋友拿一張帶色的宣紙請外公作畫。但這種情況下外公一定題款：「某某仁兄大人雅屬[3]」或「雅賞」，沒有例外。這張黃色宣紙上的畫沒有題款，肯定是贋品，但畫得真好真像！

我問小姨是否向他們說明這是假畫，小姨說她沒有點破：「人家花了大價錢買了下來，你說是假畫他們該多懊惱！」

---

3　「屬」讀音為「囑」，是很文雅客氣的說法，例：您囑咐我畫某一幅畫。

# 三

# 外公的師友

# 送別

〔近代〕李叔同

長亭<sup>①</sup>外，古道邊，芳草碧連天。晚風拂柳笛
聲殘，夕陽山外山<sup>②</sup>。
天之涯，海<sup>③</sup>之角，知交<sup>④</sup>半零落。一壺濁酒盡
餘歡，今宵別夢寒。
長亭外，古道邊，芳草碧連天。晚風拂柳笛
聲殘，夕陽山外山<sup>⑤</sup>。

**註 釋** ⋯⋯⋯⋯⋯⋯⋯⋯⋯⋯⋯⋯⋯⋯⋯⋯

① 長亭：古代道路每隔十里設長亭，為行旅提供休息之
　所，也是送別之處。「十里長亭」逐漸成為送別的代名詞。

② 夕陽山外山：宋戴復古《世事》詩有「春水渡旁渡，夕陽
　山外山」之句。

③ 海：豐子愷手抄《送別》作「地」。

④ 知交：相知交心的朋友。

⑤ 第三段「長亭外」等句：這是一首歌詞，最後重章複唱，
　把第一段再唱一遍。本篇選自李芳遠 1946 年所編《弘一
　法師文鈔》。

　　李叔同（1880-1942），原名文濤，字息霜，浙江平湖
人。早年曾留學日本，加入同盟會，回國後教授音樂、美
術，與戲劇家歐陽予倩共同創辦春柳社。1918 年，在杭
州虎跑寺削髮為僧，號弘一。「離別」之所以成為千百年來
詩詞創作的母題，就在於它是牽動人類情感的重要線索之
一。江淹在《別賦》裏就說：「黯然銷魂者，惟別而已矣。」
李商隱有「相見時難別亦難，東風無力百花殘」之句。歷代
以送別為主題的詩詞中，李叔同的《送別》獨樹一幟，它哀
婉淡雅、配曲清麗，加以李叔同「悲欣交集」的人生經歷，
這些交織在一起，豐富了人們對詞作內涵的理解。長亭、
古道、芳草、晚風、柳枝、笛聲、夕陽、遠山，這一連串
意象的使用，勾連起人內心最為柔軟的情愫。下闋吐露內
心愁緒，天涯海角，知交零落，這種時空滄桑勾起的心靈
悸動，頗有劉禹錫「世上空驚故人少，集中惟覺祭文多」的
況味。最後歸結的餘歡、夢寒，其實是從長亭之別轉到生
死之別，徒然歎息中凝結了人類最為優美的愁緒。

"拜一拜。"

# 決定外公人生的一晚

外公家有除夕演出的傳統。除夕那天，全家老小幾十口聚集在外公家，吃完豐盛的年夜飯，緊接着就是全家大合唱：「長亭外、古道邊，芳草碧連天⋯⋯」由多才多藝的小娘舅鋼琴伴奏。

這首歌是美國人約翰・P・奧德威作曲，傳入日本，由李叔同作詞的。在我國可能是流傳最廣、大家最愛唱的歌曲之一。李叔同就是弘一法師，他是外公的恩師，對外公的人生影響極為深刻。外公常常給我們講恩師李叔同的故事。

在復興中學讀書時，我曾經告訴外公，初中和高中，教我們幾何的尤彭辛和賴雲林兩位老師講課講得非常好，我非常喜歡幾何，學習成績也很好。有一次課上賴雲林老師為大家分析了一道證明三點一直線的幾何難題後，潘祖駿同學說：「有這麼好的老師是我們大家的幸福。」聽完我的話，外公對我說，當年他讀浙江第一師範學校時擔任級長，各門功課都學得好，常常名列第一。外公說，有一次幾何考試老師出錯題，外公第一個站起來報告老師考題出錯了。老師呵斥外公，說：「考題不會錯，你不會做你交卷出去！」這時，又有好幾位同學站起來對老師說：「子愷君說得對，題確實錯了。」外公說，當時老師漲紅了臉，汗就流下來了⋯⋯

我很好奇，就問外公為甚麼不學理工科而學了藝術。外公接着給我講了一個故事。他說，李叔同先生當時在浙一師教音樂美術，由於講得好，加上李先生已經是國內著

名的藝術家和教師，他的「人格魅力」使得藝術課成了浙一師的主課。一天晚上，外公到李先生的房間交完作業要走。李先生喊外公轉來，用很輕而嚴肅的聲音和氣地對他說：「你的畫進步很快，我在南京和杭州兩處教課，沒有見過你這樣進步快速的人。你以後可以……」外公馬上領悟了，他在《為青年說弘一法師》一文中說：「算起命來，這一晚一定是我一生中一個重要關口。因為從這晚起，我打定主意，專門學畫，把一生奉獻給藝術，直到現在沒有變志。」

外公說，從那一晚起，他全身心攻讀藝術課：美術和音樂。學校鋼琴不多，外公說他吃飯很快，一吃完就去搶鋼琴。這頗有點像我們北大學生快速吃完飯去搶圖書館的座位一樣。外公的美術和音樂快速進步，但一個人的精力畢竟有限，別的功課就落後了，數學有時竟考末名。幸而有初一、初二時的高分，外公以第二十名畢業於浙一師。後來外公成了「名滿天下，婦孺皆知」的藝術大師。那一夜交作業時李先生的一番話，無疑是決定他人生道路的里程碑。

# 憶兒時

〔近代〕李叔同

春去秋來，歲月如流，遊子傷漂泊。回憶兒
時，家居嬉戲，光景宛如昨。
茅屋三椽<sup>①</sup>，老梅一樹，樹底迷藏捉。高枝啼
鳥，小川游魚，曾把閒情託。
兒時歡樂，斯樂不可作，兒時歡樂，斯樂不
可作。

## 註釋

① 椽（chuán）：即椽子，承托屋面用的木構件。

## 評述

　　這也是一首李叔同出家前的詞作，感懷時光，追憶兒
時歡樂。春天匆匆溜去，秋天蹣跚而至，時光如流水，
時刻不息。如今我漂泊在外，想到兒時在家嬉戲的諸般場
景，歷歷眼前，如同昨日。三兩間破敗的茅屋，旁邊立
了一樹老梅，三五孩童，在樹下正捉迷藏。鳥蹦跳在高枝
上，嘰喳不停，游魚在水裏散漫着，我也曾覺得這生趣盎
然，寄情於此，沉醉不已。這都是兒時特有的歡樂啊，時
光不復，也把那歡樂給帶走了，都帶走了啊。詞中所描繪
的場景：老梅下捉迷藏、鳥啼於高枝、魚游於淺川，與
豐子愷先生有些畫作的興味相投。藝術作為詞，藝術作為
畫，散漫相通之處，也像極兩位先生的性情，淡然雋永。

# 情繫城南草堂

　　外公在某年寫的《佛法因緣》一文中曾說過：李叔同家在天津，他父親是有點資產的。他父親生他時已經六十八歲，有好幾房姨太太。五歲上父親就死了。家主新故，門戶又複雜，家庭中大概不安。故一談到母親，李叔同先生就一皺眉，搖着頭說：「我的母親 —— 生母很苦！」他非常愛他母親，二十歲時陪母親南遷上海，住在大南門金洞橋畔一所許宅的房子 —— 即所謂「城南草堂」。李叔同先生肄業於南洋公學，讀書奉母。他母親在他二十六歲的時候就死在這屋裏。李先生自己說：「我從二十歲至二十六歲之間的五六年，是平生最幸福的時候。此後就是不斷的悲哀與憂愁，一直到出家。」

　　外公說弘一法師曾深情地回憶房子旁邊有小浜，跨浜有苔痕蒼古的金洞橋，橋畔立着兩株兩抱大的柳樹。城南草堂常常惹他的思慕，當年他教音樂時，曾取一首淒婉嗚咽的西洋名曲 *My Dear Old Sunny Home*（《我可愛的陽光明媚的老家》），改作一曲《憶兒時》：「高枝啼鳥，小川游魚，曾把閒情託。」那是對美好時光的追憶。

　　李叔同出家後，外公他們曾經陪他重訪城南草堂的舊址，法師一一指示，哪裏是浜，哪裏是橋、樹，哪裏是他當時進出慣走的路。又說，這是公共客堂，這是他的書房，這是他私人的會客室，這樓上是他母親的住室，這是掛「城南草堂」的匾額的地方⋯⋯

　　當時外公眼前彷彿顯出二十幾年前後的兩幅對照圖，起了人生剎那的悲哀。外公耽於遐想：「如果這母親遲幾年

去世，如果這母親現在尚在，局面又怎樣呢？恐怕他不會做和尚，我不會認識他⋯⋯」[1]

1942 年 10 月 13 日，弘一法師在泉州逝世，外公當時坐在窗下沉默了幾十分鐘，發了一個願：為法師造像（就是畫像）一百尊，分寄各省信仰他的人，勒石立碑，以垂永久。外公說：「幸而法師的線條畫像，看的人都說像，大概是他的相貌不凡，特點容易捉住之故。」「還有一個原因，他在我心目中印象太深之故。我自己覺得，為他畫像的時候，我的心最虔誠，我的情最熱烈。」

寫到這裏，我忽然憶起 2018 年秋，在中國美術館豐子愷 120 週年誕辰紀念畫展開幕式上，北京天使童聲合唱團的小天使們演唱的由李叔同先生作詞的《歸燕》：

> 幾日東風過寒食，秋來花事已闌珊，疏林寂寂變燕飛，低徊軟語語呢喃。呢喃，呢喃！雕樑春去夢如煙，綠蕪庭院罷歌弦，烏衣門巷捐秋扇。樹杪斜陽淡欲眠，天涯芳草離亭晚。不如歸去歸故山。故山隱約蒼漫漫。呢喃，呢喃！不如歸去歸故山⋯⋯

---

1  豐子愷：《佛法因緣》，見《豐子愷全集》（文學卷一），第 88 頁，海豚出版社，2014。

# 春遊

〔近代〕李叔同

春風吹面薄於紗[①]，春人妝束淡於畫。
遊春人在畫中行，萬花飛舞春人下。

## 註 釋

① 春風吹面薄於紗：春風很暖，吹在人臉上如同薄紗般
　輕柔。

## 評 述

　　1913 年，李叔同在《白陽》雜誌上發表了中國第一部
三聲部合唱曲《春遊》。這首《春遊》詩便是這部大名鼎鼎的
合唱曲的前四句。李叔同善於用畫家的雙眼捕捉生活中稍
縱即逝的精彩瞬間。例如這首詩中描繪了春風和暖，如同
薄紗輕拂人面。遊春人羣中，麗人妝容舒朗清淡，宛美動
人，如同行走在寫意山水畫中。萬花飛舞，紛紛落下，遊
春之人不經意地輕踏落花而過。零落成泥，周而復始，春
光在最絢爛處歸於平淡。詩人寥寥數筆，勾勒出遊春之人
的翩然身姿，同時也摹狀出春光的絢麗與短暫。白描般的
筆調中流露出絲絲禪意，回味雋永。

# 人生「三層樓」

　　母親說王國維在《人間詞話》說過：「古今之成大事業、大學問者，必經過三種之境界。」「昨夜西風凋碧樹，獨上高樓，望盡天涯路」（晏殊《蝶戀花》）說的是做學問、做事業首先應該登高望遠，要立計劃；「衣帶漸寬終不悔，為伊消得人憔悴」（柳永《蝶戀花》）是說要廢寢忘食、孜孜不倦地追求；「眾裏尋他千百度，驀然回首，那人卻在，燈火闌珊處」（辛棄疾《青玉案》），指的是功夫到家，就會漸入佳境，豁然開朗。我還想問該如何一步步登上這三個境界，母親說你去問外公吧。

　　周六我去問外公，外公說，我和你講講李叔同先生的故事。夏丏尊先生曾經指出李叔同先生做人的一個特點是「做一樣，像一樣」。少年時做公子，像個翩翩公子。中年時做名士，像個風流名士；辦報刊，像個編者；當教員，像個老師；三十九歲出家做和尚，像個高僧。

　　外公在《我與弘一法師》《回憶李叔同先生》中，曾說過李叔同對於藝術，差不多全般皆能，而且每種都很出色。他年輕時曾是京劇名票，演《白水灘》活像蓋叫天；留學日本，辦「春柳社」，演《茶花女》像個演員；學油畫，像個美術家。他的油畫，寫實風而兼印象派筆調，每幅都很穩健、精到，為我國洋畫界難得的佳作；學鋼琴，像個音樂家；開明書店出版的《中文名歌五十曲》中載着李先生的作品不少，每曲都膾炙人口；他的詩詞文章典雅秀麗，不亞於蘇曼殊，例如這首《春遊》「遊春人在畫中行」。

　　他怎麼由藝術升華到宗教呢？當時人都詫異，以為李

203

先生受了甚麼刺激，忽然「遁入空門」了。外公說：「我卻能理解他的心，我認為他的出家是當然的。」外公以為，人的生活可以分作二層：一是物質生活，二是精神生活，三是靈魂生活。物質生活就是衣食。精神生活就是學術文藝。靈魂生活就是宗教。「人生」就是這樣的一個三層樓。住在第一層，穿衣吃飯，成家立業，生育子女。做得好一點的，無非是錦衣玉食，尊榮富貴，孝子慈孫，這樣就滿足了。這也是一種人生觀。抱這樣的人生觀的人，在世間佔大多數。

如果有精力，高興走樓梯的，就爬上二層樓去。這就是專心學術文藝的人，做教育做管理的人。「衣帶漸寬終不悔」，他們把全力貢獻於學問的研究，把全心寄託於文藝的創作和欣賞，或當教師、教授，或當官。這樣的人，在世間也很多，即所謂「知識分子」「學者」「藝術家」「廠長經理」「市長省長」。

還有一種人，在二層樓做到極致，就再走樓梯，爬上三層樓去。這就是宗教徒了。他們做人很認真，滿足了「物質慾」還不夠，滿足了「精神慾」還不夠，必須探求人生的究竟。他們找到了精神、靈魂的歸宿，以為財產子孫都是身外之物，學術文藝都是暫時的美景，連自己的身體都是虛幻的存在。「眾裏尋他千百度，驀然回首，那人卻在，燈火闌珊處」。

外公知道我喜歡天文，就問我：「科學家、天文學家的最終極的研究是甚麼？」我回答有三類問題：一、宇宙的起源，例如我愛讀的《每月之星》中講到的「膨脹的宇宙」。二、物質的結構、基本粒子。記得當時復旦大學教授來學校做黎曼幾何的講座，講到基本粒子是目前科學研究

的最前沿。三、生命的奧祕。我還告訴外公，一些天文學家解釋不了膨脹的宇宙現象，最後相信上帝了。

外公聽了點頭，說科學家追究生命的來源、宇宙的根本，這才能滿足他們的「人生慾」，有人最後竟成了宗教徒。外公又說：我用三層樓為比喻人生。弘一法師做人做事的原則，是嚴肅、認真、獻身。不做則已，要做，一定要做得徹底。他早年對母盡孝，對妻子盡愛，安住在第一層樓中。中年專心研究藝術，獻身教育，發揮多方面的天才，便是遷居在二層樓了。強大的「人生慾」不能使他滿足於二層樓，於是爬上三層樓去，做和尚，修淨土，研究佛教中最艱深的律宗。

在弘一法師二十多年的僧臘期間（出家期間稱僧臘），飛錫笠鞋，三衣一缽，是一位完完全全的苦行頭陀。看到他的人，誰也不會相信這雙手曾經揮油畫筆，彈鋼琴，這個腰曾束細到一把扮茶花女。然而藝術心和美慾終於未曾熄滅，而浮現在法師寫的佛號和經文之中，筆致非常秀雅，行間佈局非常勻稱，每一件都是精良的藝術品。

藝術的最高點與宗教相接近，二層樓的扶梯的最後頂點就是三層樓，所以弘一法師由藝術升華到宗教，是必然的事。外公還由此引申講解了「須知諸相皆非相，能使無情盡有情」「無聲之詩無一字，無形之畫無一筆」兩句詩。

李叔同先生在浙江第一師範當教師時，身邊有一隻金色的掛錶，外公印象殊深。解放後居然在一家舊貨店購得，外公如獲至寶，就修修自己戴了，猶如見到了當年的老師。外公就把自己的鐵達時手錶給了我，我曾用了多年。

弘一大師遺象

先師弘一大師往世之日與聞僧屬浩法師姊往藝薰曾劍金象開規見
以臻悵未果代之久又余過臺灣來廈門遇
大師已我五年留住西方金堂 潮浩如見 開浩法師石四年來晤遇閩南相見善歡而
呈詞唐園院伽藍心忘永惟之遙恩 大師臨終寫 大師遺象時 潮浩師即清作

甲之首冬廈門

# 示長安君①

〔北宋〕王安石

少年離別意非輕，老去相逢亦愴情②。
草草③杯盤④共笑語，昏昏燈火話平生。
自憐湖海三年隔，又作塵沙萬里行。
欲問後期何日是，寄書塵見雁南征。

## 註 釋

① 長安君：指王淑文，王安石長妹，受封長安君。

② 愴情：悲傷。

③ 草草：隨便準備下的。

④ 杯盤：泛指酒、菜。

## 評 述

　　王安石，字介甫，號半山，撫州臨川人，北宋著名政治家、文學家。嘉祐五年（1060），他在即將出使遼國之時，給長妹王淑文寫了這首《示長安君》。從詩中我們知道，王安石與妹妹手足情深，才經歷了長達三年的分別，剛剛重逢，又要再次分離。這首詩從少年分離與老來分別的差異入手，自己對少年時的分離尚且看得很重，到了暮年，更是連重逢都讓人覺得傷感。簡單的酒菜、昏黃的燈

火都不重要，重要的是手足相聚，共話天倫之樂。詩人自我感慨：長久的分別之後剛剛重逢，而自己又要在萬里塵沙中赴遼國遠行，不知何時才能再會。今後只能靠鴻雁傳書，聊寄相思了。詩歌讓我們看到了「拗相公」王安石溫情脈脈的一面。「草草杯盤共笑語，昏昏燈火話平生」也成為了表達朋友之間真摯情誼的警句。

\* 當年白馬湖作壘的朋友
　稱豐子愷為「豐柳燕」。

# 白馬湖作家羣

「五四」以後，朱自清、夏丏尊、豐子愷、葉聖陶、朱光潛、劉薰宇、經亨頤、俞平伯、匡互生等一批思想活躍、學術水平高、創作頗豐的作家先後匯聚在浙江上虞的白馬湖畔和上海立達學院，他們既是師生，更是朋友，文學史上稱為「白馬湖作家羣」。他們具有相近的文化氣息和卓越的人格風範，雖然共事的時間不算長，卻對「子愷漫畫」的形成有重要的影響[1]。

鄭振鐸更是高度評價外公豐子愷的漫畫：《人散後，一鈎新月天如水》，他說：「從那時起，我記下了『子愷』的名字。恰好《文學週報》裏要用插圖，我便想到子愷的漫畫。這些漫畫，沒有一幅不使我生一種新鮮的趣味。我嘗把它們放在一處展閱，竟能暫忘了現實的苦悶生活。有一次，在許多的富於詩意的漫畫中，他附了一幅《買粽子》，這幅上海生活的片斷的寫真，又使我驚駭於子愷的寫實手段的高超。」

「當我坐火車回家時，手裏挾着一大捆的子愷的漫畫，心裏感着一種新鮮的如佔領了一塊新地般的愉悅。回家後，細細把子愷的畫再看幾次，又與聖陶、雁冰同看，覺得實在沒有甚麼可棄的東西，都刊載在這個集子裏。」這大約是《子愷漫畫》的第一本出版物吧！

---

1 陳星：《新月如水 —— 豐子愷師友交往實錄》，中華書局，2006。
  楊子耘，馬永飛，宋雪君：《星河界裏河轉 —— 豐子愷和他的朋友們》，上海文化出版社，2019。
  浙江省漫畫家協會：《賣花人去路還香》，浙江人民美術出版社，2013。

朱自清曾為《子愷漫畫》作序，他說：「小客廳裏，互相垂直的兩壁上，早已排滿了那小眼睛似的漫畫的稿；微風穿過它們間時，幾乎可以聽出颯颯的聲音。」「我們都愛你的漫畫有詩意；一幅幅的漫畫就如一首首的小詩 —— 帶核兒的小詩。你將詩的世界東一鱗西一爪地揭露出來，我們就像吃橄欖似的，老覺着那味兒。」

朱光潛在《豐子愷的人品與畫品》中說：「一個人須先是一個藝術家，才能創造真正的藝術。子愷從頂至踵是一個藝術家，他的胸襟，他的言動笑貌，全都是藝術的。他的畫裏有詩意，有諧趣，有悲天憫人的意味；它有時使你悠然物外，有時候使你置身市井。他的畫都極家常，造景着筆都不求奇特古怪，卻於平實中寓深永之致。他的畫就像他的人。」

俞平伯先生則說過：「我不曾見過您，但是彷彿認識您的，我早已有緣拜識您那微妙的心靈了……所謂漫畫，在中國實是一創格；既有中國畫風的蕭疏淡遠，又不失西洋畫的活潑酣恣。雖是一時興到之筆，而其妙正在隨意揮灑。一片片的落英都含蓄着人間的情味。」俞平伯十分喜愛豐子愷的漫畫，他覺得在豐子愷的漫畫裏，柳樹和燕子出現的頻率很高，而且畫得特別地生氣盎然，活潑的柳條風中舞，輕盈的燕子語呢喃，有聲有色有意有境，於是俞平伯就送了豐子愷「豐柳燕」這一雅號，真是個風雅至極、充滿詩情畫意。有人用諧音把「豐柳燕」讀成「風流矣」，好有趣味！

巴金在《懷念豐先生》一文中說：「我還記得在南京唸書的時候，是在 1924 年吧，我就喜歡他那些漫畫。看他描寫的古詩詞的意境，看他描繪的兒童的心靈和幻夢，對我

是一種愉快的享受。」

白馬湖和立達的同事，都是外公的知己朋友。朱光潛曾描寫當時的情景：「我們都是吃酒談天的朋友，常在一起聚會。我們吃飯和吃茶，慢斟細酌，不慌不鬧，各人到量盡為止，止則談的談，笑的笑，靜聽的靜聽。酒後見真情，諸人各有勝慨，我最喜歡子愷那一副面紅耳熱，雍容恬靜，一團和氣的風度。我們保持着嚼豆腐乾花生吃酒的習慣。我們大都愛好文藝，酒後有時子愷高興起來了，就拈一張紙作幾筆漫畫，我們傳看，心中各自喜歡，也不多加評語。有時我們中間有人寫成一篇文章，也是如此。這樣地我們在友誼中領取樂趣，在文藝中領取樂趣。」

後來我在外公家，曾多次見到外公和朋友喝酒喝茶長談，真是「草草杯盤共笑語，昏昏燈火話平生」。客人走後，外公常向我們簡單介紹客人的生平。由於時代久遠，來訪客人大都想不起來。只記得有吳湖帆、賀天健、巴金、沈定庵、張樂平、費新我、王個簃、錢君匋等，常來的還有梅蘭芳先生的琴師倪秋平。

還有一次茅盾先生來訪，和外公喝酒長談。不久，外公為茅盾先生的小說《林家鋪子》作的插圖在《文匯報》上陸續發表。

# 短歌行①

〔東漢〕曹　操

對酒當歌，人生幾何！譬如朝露，去日苦多②。
慨當以慷③，憂思難忘。何以解憂？唯有杜康④。
青青子衿，悠悠我心⑤。但為君故，沉吟至今。
呦呦鹿鳴，食野之蘋。我有嘉賓，鼓瑟吹笙⑥。
明明如月，何時可掇？憂從中來，不可斷絕。
越陌度阡⑦，枉用相存⑧。契闊談讌⑨，心念舊恩。
月明星稀，烏鵲南飛⑩。繞樹三匝⑪，何枝可依？
山不厭高，海不厭深⑫。周公吐哺，天下歸心⑬。

## 註釋

① 《短歌行》在漢樂府中屬於《相和歌·平調曲》，曹操借用舊題寫作新詩。

② 去日苦多：去日，已經逝去的日子。苦多，極多。苦，極，非常。

③ 慨當以慷：應該慷慨高歌。

④ 杜康：相傳釀酒術的發明人，此處代指酒。

⑤ 「青青子衿」二句：用《詩經·子衿》成句，表示持久地思慕賢才。青衿是周代官學學生的服飾，衿，衣領。子，對對方的尊稱。悠悠，長久。

⑥ 「呦呦鹿鳴」等四句：用《詩經·鹿鳴》成句，《鹿鳴》是宴賓客的詩，用在這裏表示接納、款待賢才。呦呦，鹿鳴叫的聲音。蘋，艾蒿。鼓，彈奏。瑟、笙，樂器名。

⑦ 越陌度阡：古謠諺說：「越陌度阡，更為客主。」這裏指的是賢士遠道來訪。

⑧ 枉用相存：賢能之士屈尊來光顧我。枉，枉駕，屈尊。存，問候。

⑨ 契闊談讌：朋友離別後再聚時一起暢飲談心。契，聚、合。闊，散、離。

⑩ 烏鵲南飛：詩人以烏鵲比喻賢才，賢能之士留在中原有用武之地，而南飛則不能得到任用。

⑪ 匝（zā）：圈。

⑫ 山不厭高，海不厭深：出自《管子・形勢解》：「海不辭水，故能成其大；山不辭土石，故能成其高；明主不厭人，故能成其眾。」厭，滿足。

⑬ 吐哺：吐出口內正吃的東西。《史記・魯周公世家》說周公「一沐三握髮，一飯三吐哺，起以待士，猶恐失天下之士」。

## 評 述

　　曹操一生戎馬倥傯，卻筆耕不輟。此詩借漢樂府《短歌行》舊題而翻出新意。它的主旨並不是強調人生短暫，需要及時行樂，「何以解憂？唯有杜康」，而是反覆強調、吟詠自己求賢若渴：「青青子衿，悠悠我心。但為君故，沉吟至今。」甚至借用烏鵲南飛的意象，來表達天下賢士都應該歸攏到曹操帳中，為己所用。在反覆比興之後，末尾一句，曹操表露出自己渴望賢才到了西周初年的周公旦那樣「一飯三吐哺」的程度，同時也表露出自己如期望天下歸心，併吞海內，一掃六合的終極理想。整首詩看似凌亂，實則完全統一於求賢這個主題之下。節奏鏗鏘，情感真摯，是東漢四言詩的代表作之一。

# 三杯不記主人誰

　　外公的日常生活，除了畫，還有兩件事離不開，就是詩和酒。週末去外公家，晚上他常常喝酒，端了一杯酒，在「日月樓」的客廳或二樓前面的陽台上，一面喝酒，一面吟誦詩詞。除了獨酌，外公更喜歡和朋友共酌，朋友們常常一開始還客氣，但三杯酒下肚就開始高談闊論，忘了誰是主人，誰是客人。外公曾給我講他三十餘年前在立達學院的一件舊事。說，有一天，他遇見朋友 CT（鄭振鐸，姓和名英文的第一個字母）。CT 說：「子愷，我們吃西菜去。」他們就走到新世界對面的晉隆西菜館樓上，點了兩客公司菜（即西餐），外加一瓶白蘭地。吃完之後，僕歐送賬單來。CT 對外公說：「你身上有錢嗎？」外公說「有！」摸出一張五元鈔票來，把賬付了。一同下樓，各自回家 —— CT 回到閘北，外公回到江灣立達學院。過了一天，CT 到江灣來看外公，摸出一張拾元鈔票來，說：「前天要你付賬，今天我還你。」外公驚奇而又發笑，說：「賬回過算了，何必還我？更何必加倍還我呢？」外公定要把拾元鈔票塞進他的西裝袋裏去，他定要拒絕。坐在旁邊的立達同事劉薰宇，就過來搶了這張鈔票去，說：「不要客氣，拿到新江灣小店裏去吃酒吧！」大家贊成。於是號召了七八個人，夏丏尊先生、匡互生、方光燾都在內，到新江灣的小酒店裏去吃酒。吃完這張拾元鈔票時，大家都已爛醉了。

　　我不禁想起黃庭堅的對聯：

斷送一生唯有，破除萬事無過。


外公說其實這是　位詩人的兩句詩：「斷送一生唯有酒」「破除萬事無過酒」。把兩句的末一個「酒」抹去就成了一幅對聯。外公又略帶傷感地說：「夏先生和匡互生均已作古，劉薰宇、方光燾不知又在何處。」外公吟誦了蘇東坡的《西江月》：

世事一場大夢，人生幾度秋涼？夜來風葉已鳴廊。
看取眉頭鬢上。

酒賤常愁客少，月明多被雲妨。中秋誰與共孤光。
把盞淒然北望。


我讀中學時，有一次外公指着報上的一條新聞對我說：「鄭振鐸先生坐的飛機出事了。」記得當晚外公一個人喝悶酒，整個晚上一句話都不講。

2018年在上海「海上風采 —— 紀念豐子愷先生誕辰120週年」豐子愷作品展會上偶遇鄭振鐸先生的後人鄭源，回憶先輩大師們的音容笑貌，恍如昨日，而斯人已逝，如同隔世，令人唏噓不已。

# 七絕

〔近現代〕蘇步青

草草杯盤共一歡<sup>①</sup>，莫因柴米話辛酸。
春風已綠門前草，且耐餘寒放眼看<sup>②</sup>。

**註 釋** ·····························································

① 草草杯盤：指生活非常樸素。

②「春風」兩句的意思是眼下雖然艱難，但勝利在望。

**評 述** ·····························································

　　蘇步青（1902-2003），數學家、教育家，浙江平陽人。歷任浙江大學、復旦大學教授、校長，中科院院士，全國政協副主席。在國難當頭的艱苦歲月，蘇步青與豐子愷等浙江大學學人秉承「艱難困苦、玉汝於成」的精神，努力在各自的領域裏創造了輝煌的成績。他們的友情成為近代學人交往史上的一段佳話。蘇步青這首詩歌的前兩句表達了不會為生活的艱辛而屈服的堅強意志，後兩句看似是景物描寫：春風染綠了門前的草，餘寒也不會堅持幾天了，實際上表達了蘇步青對抗戰定能取勝的堅定期許。

# 父母的證婚人蘇步青

上世紀五十年代我在復興中學讀書時，一個星期天有一位朋友來探望外公，兩人談了很久，還不時傳來一陣一陣的笑聲。朋友走後，外公告訴我們這是復旦大學的教授、數學家蘇步青。外公說這位數學家還是一位詩人，「草草杯盤共一歡，莫因柴米話辛酸」就出自他的手筆。外公說蘇先生還寫過不少描寫故鄉、描寫雁蕩山的詩詞，如「子規聲裏情難譴，心隨飛鴻雁蕩邊」。外公還說：「蘇步青是你父母親的證婚人。」當時我並未在意。

1956 年蘇步青獲得中國科學院頒發的科學獎，外公贈蘇步青一幅畫，記得好像是《扶搖直上》（畫的是兩個人在放風箏），「搖」是「鷂」的諧音，風箏又叫「紙鷂」。記得外公說過這幅畫既有誇獎蘇步青教授的意思，還有一層意思就是喻示當時國家建設發展很快。1958 年「大躍進」時，外公又在報上發表了這幅《扶搖直上》，留下了那個時代的痕跡。

2006 年到 2007 年，母親和父親先後去世。我們在父親的遺物中忽然發現一張父母親的「結婚證書」，由外公用毛筆書寫。證婚人一欄寫的正是「蘇步青」。

蘇步青是溫州平陽人，我父親也是溫州平陽人。而外公的老師弘一法師（李叔同）曾在溫州度過了十二年，稱溫州是自己的「第二故鄉」。外公的朋友中有很多溫州人，如鄭振鐸、王國松、李瑜、白正國、馬公愚、張光、方介堪等。

2018 年，豐公的「粉絲」沈國林先生在溫州衍園舉辦

「春風到我廬 —— 紀念豐子愷先生誕辰 120 週年書畫展」，展出多幅溫州朋友收藏的子愷漫畫。當時蘇步青先生之子、日本奈良大學名譽教授蘇德昌發來賀信，稱「我敬仰豐子愷先生，遵循他的精神，以他的為人和做人作為我的里程碑」。

2019 年，外公親手書寫、記錄浙大西遷往事的「婚禮簽名帖」回到浙大。5 月 16 日，由浙大、桐鄉豐子愷研究會、豐子愷紀念館、上海豐子愷研究會、溫州浙大校友會等聯合舉辦的「不畏浮雲遮望眼：豐子愷的浙大緣與溫州情」書畫展在浙大紫金港校區啟幕，豐子愷後人及浙大西遷校友二代等近百位嘉賓出席。書畫展展出多幅外公的畫，其中《不畏浮雲遮望眼　只緣身在最高處》，畫中人單槍匹馬立於山巔，凸顯出抗戰時期中國人民不畏艱險、展望勝利的氣概。浙大副校長羅衛東致辭：「豐子愷是浙大西遷教師羣體的一個代表。『不畏浮雲遮望眼』，希望後人弘揚以豐子愷為代表的浙大先賢們篳路藍縷、玉汝於成的求是精神和西遷精神。」

# 過蒲田①

〔近代〕蘇曼殊

柳陰深處馬蹄驕②，無際銀沙逐退潮。
茅店冰旗直市近③，滿山紅葉女郎樵④。

## 註 釋

① 蒲田：在日本東京都大田內，毗鄰東京灣。

② 馬蹄驕：形容馬蹄矯健輕快的樣子。

③ 冰旗：賣冷飲的店的招牌。

④ 樵：本指打柴，此處借指女郎撿拾紅葉。

## 評 述

　　蘇曼殊，近代詩人、翻譯家，廣東香山人。曾三次出家，又三次還俗，法號曼殊。能詩善畫，詩風「清豔明秀」，有《曼殊全集》傳世。1909 年，蘇曼殊陪義母河合仙旅行。此詩作於去海濱途中。開篇描繪了一幅色彩濃麗而又與傳統詩歌意境有別的畫卷：柳蔭之下馬蹄輕盈，不遠處銀色的沙灘直通大海。海濱的茅草小店，懸掛着的是冷飲店的招牌，近代日本的風味撲面而來。最令人叫絕的是最後一句「滿山紅葉女郎樵」。樵採本是農耕文明時代人們收集賴以生活的燃料的一種日復一日的艱辛勞動，然而在蘇曼殊的詩歌中，從事樵採工作的竟然是美麗動人的女

郎。不僅如此，樵採女子身處滿山紅葉之中，採集的是紅葉。女郎採紅葉，如此明媚的畫面，卻與「樵採」的場景關聯起來，因而使得這句詩產生了新鮮活潑的意境。

# 拜訪梅蘭芳先生

當年外公也酷愛京劇，外公說他自己「愛平劇（即京劇），始於抗戰前幾年」，「留聲機上的平劇音樂，漸漸牽惹人情，使我終於不買西洋音樂片子而專買平劇唱片，尤其是梅蘭芳的唱片了」。抗戰期間，梅蘭芳先生「蓄鬚明志」，不為日寇唱戲。外公曾誇獎梅蘭芳：「我覺得這不是鬍鬚，這是英雄的俠骨。他身上兼備兒女柔情與英雄俠骨！日寇侵佔上海之時，野心勃勃，氣勢洶洶，有鯨吞亞東大陸之概。我中國人民似乎永無翻身之一日了。於是『士夫』之中，倒戈者有之，媚敵者有之，所欲無甚於生者，不知凡幾。梅先生在當時一『優伶』耳，為『士夫所不齒』，獨能毅然決然，蓄鬚抗戰，此心可與日月爭光！此人真乃愛國英雄！」

外公曾於 1947、1948 年兩度訪問梅蘭芳先生，並先後發表文章《訪梅蘭芳》《再訪梅蘭芳》。外公平生主動訪問素不相識的有名的人，以梅蘭芳先生為第一次。在 1948 年 5 月 25、26 日發表在《申報》上的《再訪梅蘭芳》中，外公寫到：

> ……深恐在演出期內添他應酬之勞，原想不去訪他。但看了一本《洛神》之後，次日到底又去訪了。這回不告訴外人，不邀攝影記者同去，但託他的二胡師倪秋平君先去通知，然後於下午四時，同了兩女兒悄悄地去訪。剛要上車，偏偏會在四馬路上遇見我的次女的夫婿宋慕法。他正坐在路旁的藤

227

椅裏叫人擦皮鞋，聽見我們要去訪梅先生，擦了半
雙就鑽進我們的車子裏，一同前去了。陳寶和一吟
說他「天外飛來的好運氣」！因為他也愛好平劇，
不過不及陳寶、一吟之迷。在戲迷者看來，得識伶
王的真面目，比「瞻仰天顏」更為光榮，比「面見
如來」更多法悅。

　　握手寒暄之間，我看見梅博士比去春更加年輕
了。臉面更加豐滿，頭髮更加青黑，態度更加和悅
了。又瞥見陳寶、一吟和慕法，目不轉睛地注視
他，一句話也不說，一動也不動，好像城隍廟裏
的三個菩薩，我覺得好笑。不料他們的視線忽從主
人身上轉到我身上，都笑起來。我明白這笑的意思
了：我年齡比這位主人小四歲，而蒼顏白髮，老相
十足；比我大四歲的這位老兄，卻青髮常青，做
我的弟弟還不夠。何況晚上又能在舞台表演美妙的
姿態！上帝如此造人，真是欠通欠通！怎不令人發
笑呢？

　　兩位藝術家傾心交流。外公送梅蘭芳先生一把親手書
畫的扇子，畫的是曼殊上人的詩《過蒲田》「滿山紅葉女郎
樵」，寫的是弘一上人在俗時贈歌郎金娃娃的《金縷曲》，
其詞曰：

秋老江南矣。忒匆匆、春餘夢影，樽前眉底。陶寫
中年絲竹耳，走馬胭脂隊裏。怎到眼、都成餘子。

片玉崑山神朗朗，紫櫻桃，漫把紅情繫。愁萬斛，
來收起。

泥他粉墨登場地。領略那、英雄氣宇，秋娘情味。
雛鳳聲清清幾許，銷盡填胸蕩氣。笑我亦布衣而
已。奔走天涯無一事，問何如，聲色將情寄。休怒
罵，且遊戲。

外公說：「書畫都是我在一個精神很飽滿的清晨用心寫
成的。因為這個人對於這樣廣大普遍的藝術負有這樣豐富
的天才，又在抗戰時代表示這樣高尚的人格，── 我對他
真心的敬愛，不得不『拜倒石榴裙下』（別人知道外公去拜
訪梅蘭芳後，和外公開玩笑說的話）。我其實應該拜倒。」
這把摺疊扇意義非凡，是紀念兩位藝術大師交往的無價之
寶，不知是否還在梅家後人手裏。

外公當時住在振華旅館，他還感歎，「名滿天下」「婦
孺皆知」（報刊誇獎外公的話）的豐子愷，旅館的茶房和賬
房就不認識。直到第二天梅先生到旅館來還訪，茶房和賬
房們吃驚之下，方始紛紛去買紀念冊來求外公題字。

外公對梅蘭芳先生、對京劇的評價非常高，他在《再
訪梅蘭芳》一文中覺得梅蘭芳的藝術具有最高的社會價
值，是最應該提倡的。

藝術種類繁多，不下一打：繪畫，書法，金
石，雕塑，建築，工藝，音樂，舞蹈，文學，戲
劇，電影，照相。這一打藝術之中，最深入民間

的，莫如戲劇中的平劇（京劇）！山農野老，暨子村童，字都不識，畫都不懂，電影都沒有看見過的，卻都會哼幾聲皮黃，都懂得曹操的奸，關公的忠，三娘的貞[1]，竇娥的冤[2]……而出神地欣賞，熱誠地評論。足證平劇（或類似平劇的地方劇）在我國歷史悠久，根深柢固，無孔不入，故其社會的效果最高。書畫也是具有數千年歷史的古藝術，何以遠不及平劇的普遍呢？這又足證平劇不但歷史悠久，而且在其本質上具有一種吸引人情，深入人心的魔力，故能如此普遍，如此大眾化的。

外公對京劇的特殊愛好還有深層次的原因：京劇與子愷漫畫的省略筆法十分相似。外公畫人像，臉孔上大都只畫一隻嘴巴，而不畫眉目。或竟連嘴巴都不畫，相貌全讓看者自己想像出來。而這正與京劇的表現相似：開門、騎馬、坐車、搖船，都沒有真的門、馬、車與船，全讓觀者自己想像出來。想像出來的門、馬、車與船，比實際的美麗得多。倘有實際的背景，反而不討好了。曾有某小報拿外公取笑，大字標題曰「豐子愷不要臉」，文章內容，先把外公恭維一頓，末了說，他的畫獨創一格，寥寥數筆，神氣活現，畫人頭不畫臉孔，云云。只看標題而沒有工夫看文章的人，一定以為外公做了甚麼不要臉的事。這小報真是戲謔！

我大姨豐陳寶本來就是京劇迷。她和大姨夫楊民望結

---

1　指京劇《三娘教子》。

　2　指京劇《竇娥冤》。

婚時，原來外公想請梅蘭芳做證婚人。但楊民望是虔誠的基督教徒，所以改由謝頌羔牧師為他們證婚[3]。

　　高三畢業考前夕，梅蘭芳先生到上海演《宇宙鋒》，我猶豫了一下，覺得這是個難得的機會，自己的功課準備得很充分了，還是和小姨去看戲，也沒有影響考試。1961年春，我在北大讀一年級時，梅蘭芳到五道口劇場演《穆桂英掛帥》，我從北大京劇隊買到樓上前排的票（記得是0.90元一張）去看大師的演出。梅蘭芳一出場，就是一個「碰頭好」（指名演員出場時觀眾的喝彩）。第五場「接印」，戲漸入高峯，穆桂英聽從佘太君的勸勉，答應掛帥，正準備改換戎裝，耳聽得聚將擂鼓之聲，立刻振起當年奮勇殺敵的精神：「猛聽得金鼓響號角聲震，喚起我破天門壯志凌雲。我不掛帥誰掛帥，我不領兵誰領兵。」演到這裏，全場觀眾被深深打動，爆發出雷鳴般的掌聲。

　　想不到這場演出後不久，梅蘭芳先生就得病去世了，《穆桂英掛帥》成了他一生最後演出的作品。

---

3　豐一吟：《爸爸豐子愷》，第266頁，中國青年出版社，2015。

# 寒夜

〔南宋〕杜 耒

寒夜客來茶當酒，竹爐①湯沸②火初紅。

尋常一樣窗前月，才有梅花便不同。

**註 釋** ·········································································

① 竹爐：用竹篾編成套子套着的火爐。

② 湯沸：熱水煮沸。

**評 述** ·········································································

　　杜耒，南宋詩人，字子野，號小山，江西撫州人。他的小詩《寒夜》描繪了一幅温馨的主客閒談圖卷：寒冷的冬夜，有客來訪，主人拿出好茶代替美酒相待。炭火剛剛燒紅，竹爐裏面的水便沸騰起來。主客談了甚麼，詩歌沒說，讀者只能通過一系列美妙的場景來猜測：小窗明月，與平日沒甚麼兩樣，只是多了一枝疏淡的梅花，就顯得格調不俗了。這似乎象徵着主客問答、清談夜坐的美好氛圍。

# 憶倪秋平師

　　一個週末晚上，一位客人到外公家，剛進門就自報姓名：「倪秋平到。」我和外公、小姨立刻迎了出去。外公說：「今天不好意思，酒吃完了還沒去買，請你喝新到的龍井茶吧。」倪先生隨口就說：「寒夜客來茶當酒。」外公說，想不到你還喜歡詩詞啊？倪先生說他也常讀古文詩詞，因此特別敬仰外公。

　　倪秋平是梅蘭芳先生的京二胡琴師，胡琴原來只是他的業餘愛好，他曾向孫佐臣、徐蘭沅學琴，業餘愛好變成專業，曾給「四小名旦」之一、人稱「小梅蘭芳」的李世芳操琴。後經梅蘭芳介紹正式拜王少卿為師。抗戰勝利後，梅蘭芳「剃鬚登台」，重新演出，就是王少卿的京胡，倪秋平的京二胡伴奏，一直到1952年。

　　外公和倪秋平早就是朋友。外公第二次訪梅蘭芳，就託倪先生先去聯繫。外公說這位琴師也頗不尋常：「他在台上用二胡拉皮黃（指京劇，西皮、二黃是京劇的兩種主要的調式），在台下卻非常愛好西洋音樂，對朔拿大（sonata，即奏鳴曲）、交響樂的蓄音片（唱片），愛逾拱璧。」因有此家學，倪先生的女兒倪洪進在上海音樂學院為高才生，上世紀50年代留學蘇聯，是著名的鋼琴演奏家。倪先生曾說過，他愛好西洋音樂，源於讀外公的舊著《音樂的常識》。因此他常和外公通信，外公為了看梅先生的戲，住在天蟾舞台斜對面的振華旅館裏。倪先生每夜拉完二胡，就抱了琴囊到旅館來和外公談天，談到後半夜。談的半是京劇，半是西樂。外公說他自己學西樂而愛好皮黃，倪秋平拉皮黃而愛好西樂，形相反

233

而實相成，所以話談不完。

倪先生和外公談中西方音樂的比較，談歌劇和京劇的異同。外公說，西方音樂主要是和弦（chord）的齊奏；倪先生說，京劇演員唱一個音，胡琴要用連續兩個甚至四個音來伴奏，內行稱之為「裏」。

外公曾說他自己對繪畫、文學、音樂都感興趣。年輕時在東京，上午學畫，下午學琴，晚上學外文，正是「三腳貓」（指樣樣都懂一點但都不專的人）。後期疏遠繪畫與音樂，偏好文學，寫隨筆，翻譯《獵人筆記》《源氏物語》等，屠格涅夫、夏目漱石、石川啄木，是外公自己所最感興味的。倪先生說：「豐先生，您在漫畫、文學、翻譯這三方面的造詣，再加上書法，正好『四腳貓』，您這四腳貓，在文壇上、社會上的影響可了不得！」

倪先生曾寫過一本《京劇胡琴奏法例解》（上海音樂出版社，1958 年），請外公作序。記得外公在序言[1]中寫道：「倪秋平先生編著《京劇胡琴奏法例解》，將原稿拿給我看，要我寫序言。我對胡琴完全是外行，沒有寫序言的資格。」外公說他恍然回憶起三十年前的一件小事：自己曾有一次帶着兩個女兒（有一個可能是我母親）在山中避雨，在山中小茶店裏的雨窗下，為了安慰兩個女孩子，外公就去向茶博士借胡琴。

　　我借了胡琴回茶店，兩個女孩很歡喜。「你會拉的？你會拉的？」我就拉給她們看。手法雖生，音階還摸得正。因為我小時候曾經請我家鄰近的柴

---

1　豐子愷：《〈京劇胡琴奏法例解〉序》，見《豐子愷全集》（藝術理論藝術雜著卷九），第 310 頁，海豚出版社，2016。

主人阿慶教過《梅花三弄》，又請對面弄內一個裁縫司務大漢教過胡琴上的工尺。阿慶的教法很特別，他只是拉《梅花三弄》給你聽，卻不教你工尺的曲譜。他拉得很熟，但他不知工尺。我對他的拉奏望洋興嘆，始終學他不來。後來知道大漢識字，就請教他。他把小工調、正工調的音階位置寫了一張給我，我的胡琴拉奏由此入門。現在所以能夠摸出正確的音階者，一半由於以前略有摸小提琴的經驗，一半仍是根基於大漢的教授的。在山中小茶店裏的雨窗下，我用胡琴從容地（因為快了要拉錯）拉了種種西洋小曲。兩女孩和着歌來唱，好像是西湖上賣唱的。引得三家村裏的人都來看。一個女孩唱着《漁光曲》，要我用胡琴去和她。我和着她拉，三家村裏的青年們也齊唱起來，一時把這苦雨荒山鬧得十分溫暖。我曾經吃過七八年音樂教師飯，曾經用鋼琴伴奏過混聲四部合唱，曾經彈過貝多芬的奏鳴曲。但是，有生以來，沒有嘗過今日般的音樂的趣味。

這段往事被外公後來寫成文章《山中避雨》。他又說：「現在我更覺得胡琴是我國優良的民族樂器，更有提倡之必要。」正如外公曾畫過的一幅畫《村學校的音樂課》。外公說，梅蘭芳先生的琴師寫書請他作序，「是一種更有意義的胡琴因緣」。

那時倪先生住在上海淡水路。後來我為小姨豐一吟伴奏京劇，由外公介紹，向倪先生學了多半年的胡琴，打下了很紮實的基礎，也是我的一段難得的「胡琴因緣」。

那晚兩位藝術家的談話話題太多，一直持續到深夜十一點倪先生才告辭。

# 登高①

〔唐〕杜　甫

風急天高猿嘯哀②，渚③清沙白鳥飛回④。
無邊落木⑤蕭蕭⑥下，不盡長江滾滾來。
萬里悲秋常作客，百年⑦多病獨登台。
艱難苦恨繁霜鬢，潦倒新停濁酒杯。

## 註　釋

① 登高：每年農曆九月九日重陽節這一天，古人有登高的習俗。

② 猿嘯哀：猿的叫聲淒厲悲涼。

③ 渚（zhǔ）：水中的小塊陸地。

④ 回：回旋。

⑤ 落木：落葉。

⑥ 蕭蕭：風吹葉落的聲音。

⑦ 百年：一生。

## 評　述

《登高》是杜甫的七律名篇，明朝的胡應麟稱讚這首詩「當為古今七言律第一，不必為唐人七言律第一也」，給予極高的評價。詩歌作於唐大曆二年（767）秋天，杜甫

身在四川夔州。那時,「安史之亂」雖然已經平定,但整個唐王朝遭受戰亂的沉重打擊,驚魂未定,杜甫當時正漂泊於西南天地之間。這首七律首聯風急、天高、猿猴哀號,渚清、沙白、鳥兒低徊,連寫六個景物,像六幀鏡頭拼接在一起,渲染出深秋的淒涼景況。頷聯景物的密度忽然減少,濃度卻反而提升:無邊的落葉飄零和看不到盡頭的長江東逝,宛如一幅長鏡頭的萬里秋江圖,勾勒出風景不殊、人事迥異的滄桑之感。頸聯十四個字,古人總結出蘊含着八種寓意:萬里,說出地域遼遠;秋,點明時局淒慘;作客,敍述詩人羈留於旅程之中;常作客,表示自己漂泊無依,距離家鄉越來越遠;百年,感歎自己垂老;多病,哀歎身體衰弱;台,是重陽登高觀賞江天秋色的絕佳所在;而「獨登台」,則表現了詩人杜甫孤苦無親的窘迫處境。跌宕起伏、回環往復的詩歌意象,不斷叩擊着讀者的心靈。尾聯「艱難苦恨」的反覆詠歎,也就不再顯得突兀,而是詩人憂國憂民心性的自然流露。一生潦倒的詩聖由於生活窘迫,更由於疾病而不得不停止飲酒,但是憂患還是會染白鬢髮,催人老去,就如深秋的霜風,一層層地摧折木葉。杜甫的《登高》,雖然四聯都用對偶,但飛揚盤旋,光英朗練,毫無板滯堆疊的毛病,確實達到了藝術的圓熟老成之境。

# 無邊落木蕭蕭下和錢君匋

　　我讀小學六年級時，外公帶我到杭州去遊西湖，他的學生錢君匋夫婦和我們同去。錢君匋先生是著名的篆刻書畫家，曾任西泠印社副社長、上海文藝出版社編審等職。當時他是上海萬葉書店的老板。解放上海時，我們曾借住在錢先生家裏，錢先生、錢師母都喜歡我。上世紀五十年代成立工會，萬葉書店的工會主席是原來店裏的學徒。錢君匋夫婦非常想得到這張「紅派司」（Pass）（即紅色的工會會員證），但工會是工人的組織，他們算是資本家，不能參加工會，他們很苦惱，只得找老師聊聊。

　　在西湖船上，記得外公一直在勸他們。我還小不懂事，只是跟着玩。「四月西湖春，垂柳惹行人」的西湖美景讓錢先生、錢師母心情變得好起來，他們不再糾結於「紅派司」，多才、風趣的錢先生就出謎語讓我猜。第一個是字謎「遠樹橫山稀星彎月」。

　　我家隔壁住着漂亮的三姐妹：李慧人、李慧心、李慧羣，我們關係很密切。錢先生的字謎一出來，我立刻想到「慧」，果然猜對了，大家都誇獎我，並不知道我和李家三姐妹「同居長干里，兩小無嫌猜」。

　　錢先生又出了四字成語的字謎：

　　「七個人八隻眼睛」（貨）

　　「十一個人八隻眼睛」（真）

　　「外國人八隻眼睛」（價）

　　「阿寶他娘八隻眼睛」（實）

　　字謎我猜不出來，對於「貨真價實」我並不懂。錢先生

做了多年生意，他們很講究「貨真價實」。

最後還有一個詩謎，錢先生說不好猜，但非常有意思，用杜甫的　句詩「無邊落木蕭蕭下」猜一個字。我猜了半天猜不出來，最後錢先生告訴我是「日」。這裏有一段歷史：南北朝「宋、齊、梁、陳」四朝代，齊為高祖蕭道成所建，梁為武帝蕭衍所建，兩朝皇帝都姓蕭，因此「蕭蕭」下面就是「陳」。「陳」字「無邊」（去掉偏旁）、「落木」之後變成「日」字。這個謎真雅，但確實太難了。

回上海的火車上，外公給我講了杜甫的《登高》。外公說，杜詩對仗很工，「無邊落木蕭蕭下，不盡長江滾滾來」是千古名句。上中學後我學了杜牧的七律：「地下若逢陳後主，豈宜重問後庭花。」又想起了西湖船上猜謎語的往事。

# 贈衛八處士

〔唐〕杜　甫

人生不相見，動如參與商。
今夕復何夕，共此燈燭光。
少壯能幾時，鬢髮各已蒼。
訪舊半為鬼，驚呼熱中腸。
焉知二十載，重上君子堂。
昔別君未婚，兒女忽成行。
怡然敬父執，問我來何方。
問答乃未已，兒女羅酒漿。
夜雨剪春韭，新炊間黃粱。
主稱會面難，一舉累十觴。
十觴亦不醉，感子故意長。
明日隔山嶽，世事兩茫茫。

**註釋** . . . . . . . . . . . . . . . . . . . . . . . . . . . . . . . . . . . . . . . . . . . . .

① 動：往往、每每。

② 參（shēn）與商：星宿名，一東一西，此顯彼隱，古人用
來比喻相見之難。

③ 蒼：白，指頭髮斑白。

④ 君子堂：指衛八處士家。

⑤ 忽成行：衛八家的兒女很快就如此眾多了。

⑥ 怡然：和悅的樣子。

⑦ 父執：父親的朋友。

⑧ 新炊：剛做好的飯。

⑨ 間黃粱：摻有小米的飯。

⑩ 世事兩茫茫：意思指明日分別以後，彼此遠隔山嶽，大
家都不知道未來將會如何，渺茫難測。


**評 述** ..........................

　　這首詩作於唐肅宗乾元二年（759），杜甫當時從洛陽
返回華州住所，路遇衛八處士而寫。衛八事跡不詳，只知
道他是一個未出仕的讀書人。從詩中看，衛八與杜甫從青
年時代就是朋友，有二十年沒見過了。這首詩就是寫兩
人的真情厚誼的。這首詩的好處也在於將個體生命對於時
間流逝的深切體驗提煉、升華為集體經驗：二十年前相識
舊友，當年俱是一時才俊，翩翩少年，而今偶然相逢，卻
已兩鬢斑斑，兒女成行。年少時的同遊，半數都已凋零。
撫今追昔，令人痛切，然而杜甫卻能用拉家常式的詩句呈
現出時空的巨大張力：暮年對坐，青燈白髮；兒女恭立，
噓寒問暖；春韭黃粱，舉杯勸酒，十杯也不能訴說盡二十
年的過往。對飲盡歡，通宵達旦，然而明早，老友又要
彼此分別，世事懸隔，茫茫不知了。整首詩突出了情真意
切，尾句尤其將讀者引向了新的境界。

# 王朝聞先生來訪

外公有許多好朋友，包括春暉中學、立達學院的同事，還有後來認識的朋友。1949年後大家都忙，來往不多。我記得有一次王朝聞先生來訪，當時小姨、小舅和我都在，外公向客人介紹了我們，特別指着我說：「這是阿先（我母親的小名）的大兒子。」王先生說：「昔別君未婚，兒女忽成行。」外公和客人大笑。他和外公談了很久，外公留他喝酒、吃飯後，坐在客廳長談到很晚，客人才告辭。我並不認識王先生，問了小姨才知道的。客人走了後，外公自言自語地說：「草草杯盤共語笑，昏昏燈火話平生。」

過幾天，報上就發表了王朝聞先生的文章《豐子愷先生打算繼續作畫》。1949年後有一段時間外公沒有作畫，他自學了俄文，當起了翻譯家，和小姨一起譯出屠格涅夫的《獵人筆記》、柯羅連科的《我的同時代人的故事》，還有不少俄文版的民間故事。外公本是「名滿天下、婦孺皆知」的漫畫家，大眾一定在納悶大畫家怎麼不畫畫了，也一定在等外公的畫。

現在外公終於又畫畫了！記得《中國青年》雜誌請外公作畫，外公小心謹慎地選畫題，好像畫的是《小松植平原，他日自參天》，或者是《種瓜得瓜》，刊登在封底整個版面。外公對我們說：「稿費六十塊，真高啊！」這在當年差不多是一個高級教師的月工資，這顯然是對外公的重視和鼓勵。

一旦開始作畫，就停不下來，各家報刊都爭相來約稿，外公發表的畫逐漸多了起來。上世紀六十年代外公當

了上海中國畫院第一任院長，又是中國美術家協會上海分會主席。一次他到北京出席全國政協大會，受到周總理的接見。總理對外公說了：「豐老您發表在《光明日報》上的畫我看過了，您要多畫畫啊！」外公備受鼓舞。政協委員到井岡山參觀，回來後外公畫了《飲水思源》《井岡山瞻觀圖》等。

「人生不相見，動如參與商」句中的「參」和「商」，是指天上兩顆明亮的星星。每到盛夏，在正南方偏東天空中就可以看到一顆紅色的亮星，就是天蠍星座 α，在它旁邊各有一顆小星，中國古代稱為心宿二，就是「商星」，又稱「大火」；《詩經》中所說的「七月流火，九月授衣」，指的也是心宿二。這是一顆非常大的星星，其直徑居然接近火星繞太陽公轉的軌道。

每年冬天，在正南天空可以看到一個四顆星構成的四方形星座，它中間還有三顆星傾斜排列，這就是獵戶星座。中國古代的《西步天歌》稱「參宿七星明燭宵，兩肩兩足三為腰」：四顆大星是獵人的雙肩和雙足，中間三顆星就是獵人的腰帶，中國古代稱為「參宿」。四方形右上角的發紅光的大星，中國古代稱參宿四，學名獵戶座 α，其直徑比心宿二還要大，居然大於火星的繞日軌道。而左下角發白光的亮星為參宿七，這顆星比太陽亮一萬四千倍！可見在宇宙中，太陽實在是極其平常的星星。中國古代流傳着「參商不相見」的故事。《左傳》上說：高辛氏有兩個兒子，老大閼伯和老二實沈是死對頭，整天大動干戈，騷擾百姓，結果堯便強迫他們分開，老大安頓在商丘，老二安頓在大夏，天下始見太平。老大就是商星，老二就是參星。杜甫的詩「人生不相見，動如參與商」，寫的也是參商不相見的典故。

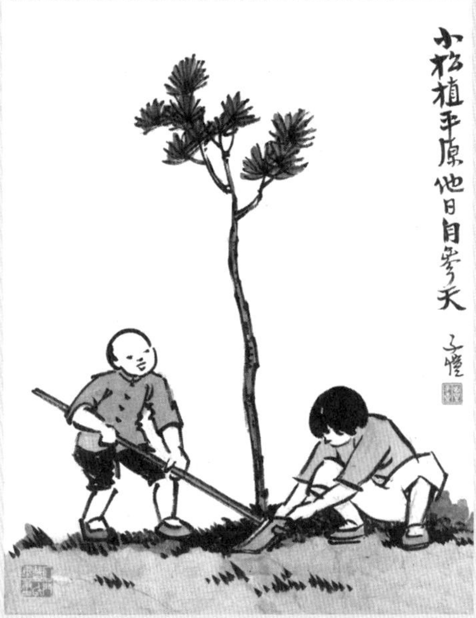
小松植平原他日自參天
子愷

# 跋

## 無學校的詩詞教育
### ——《豐子愷家塾課》讀後識

2018 年，在藝術大師豐子愷先生誕辰 120 週年之際，豐先生的長外孫宋菲君教授與華東師範大學出版社的許靜女史共同計劃，醞釀編纂一部反映豐先生教授兒孫學習古詩詞的讀物。宋菲君教授是北京大學物理系的校友，他在考入北大之前，在上海度過了青少年時期，那時他常與豐先生一處生活。「文革」中，豐先生處境艱難，無法再給孫輩授課，因此豐氏後人中，親承過豐先生教誨且目前身體仍康健者，大概只有宋菲君教授一人：他是撰寫本書的不二人選。

在命筆之初，我們曾有把豐先生當年教過的所有古詩詞都羅列出來並施以評註的想法，後經過深入考慮，感覺缺乏可操作性。時隔半個多世紀，已不可能完全復現當年的教學內容與場景。我們現在能做到的，只是通過當事人回憶的教學片段，講述與詩詞有關的生活細事，結合以豐先生文集、書信、日記中的相關材料，盡力還原豐先生對古詩詞、對藝術、對教育的總體性看法。

### 一

豐先生教兒孫讀古詩詞，有三個鮮明的特點。首先是

喜歡選取有故事背景的詩詞講授。豐先生平時就喜歡讀詩話（尤其是《隨園詩話》）、讀《白香詞譜箋》，教兒孫時也常從中取材。豐先生取《白香詞譜箋》為教本，主要就是看中此書的箋註部分提供了許多與作品背景相關的故事。剛接觸古詩詞的人，特別是兒童，無法完全理解格律、用典、意象、煉字這些深奧的概念，「故事」無疑是最便捷的入門途徑。從古代詩學的發展歷程看，早期的詩文評著作，也專有一類是從「故事」起手來講詩的，如孟棨的《本事詩》便是。「重故事」可以說既符合少年兒童的年齡特點，也符合傳統詩學的發展邏輯。本書選的《章台柳》《荊州亭》《徐君寶妻》《阿英詞》等，都是很有故事的作品。從一首詩詞出發，引出一椿故事、一番考證、一點回憶、一段鑒賞，或是一種感悟，這是本書的體例與追求。

　其次，豐先生讀詩「不求甚解」，且喜歡「斷章取義」。從《左傳》《國語》中的記載看，東周列國時代的人們，在言談話語中每常吟詩而言志，但不必引全篇，往往只拈出零章片句；引詩所表達的意思，也不必盡依詩篇的本旨。遠如孔子所說的「思無邪」，近如王國維《人間詞話》中提出的「古今之成大事業、大學問者必經過之三種境界」，都是援引詩詞而言，但其旨趣又都與原篇大不相同，是「斷章取義」的典範。豐先生教詩詞，包括他創作「古詩新畫」，也總是用這種「斷章取義」的法子，只擷取詩中最精彩的一兩句來寫、來畫、來教。他在《漫畫創作二十年》一文中說：「我從小喜歡讀詩詞，只是讀而不作。我覺得古人詩詞，全篇都可愛的極少。我所愛的，往往只是一篇中的一段，或其一句。這一句我諷詠之不足，往往把他抄寫在小紙條上，粘在座右，隨時欣賞。有時眼前會現出一個幻

象來，若隱若現，如有如無。立刻提起筆來寫，只寫得一個概略，那幻想已經消失。我看看紙上，只有寥寥數筆的輪廓，眉目都不全，但是頗能代表那個幻象，不要求加詳了。」（見《豐子愷文集4・藝術卷四》）

「不學《詩》，無以言」（《論語・季氏》），當人們真正喜歡詩，並且理解它、掌握它之後，詩就不僅是一種語言形式，而成為交流的工具，乃至思維與生活的方式。

近來發見一條到車站的近路。……今日天陰風勁，倍覺淒涼。走在路上，我常想起陶淵明的詩：「荒草何茫茫，白楊亦蕭蕭。嚴霜九月中，送我出遠郊……」嫌它不祥，把念頭拋開。但走了一會又想起了。環境逼得你想起這種詩。（一九三八年十一月十五日）

於集上買大紅棗二斤，每斤五毫。棗大如拇指。食棗，想起古人詩「神與棗兮如瓜」，又想起陶詩「黃花復朱實，食之壽命長」。（一九三八年十二月六日）

午彬然、丙潮連袂而來，章桂為廚司，辦菜尚豐。吾多飲而醉，日暮客去猶未醒。唱「日暮影斜春社散，家家扶得醉人歸」之句，恍如身值太平盛世，渾不知戰事之為何物也。（一九三九年一月十八日）

久住城市，初返鄉，自有新鮮之感。吾臥一帆布牀，書桌設牀前，晨起即以帆布牀為椅而寫作。客來即坐對面之板牀上。憶元積旅眠詩云：「內

外都無隔，惟帳不復張。夜眠兼客坐，同在火爐牀。」吾今有類於此。（一九三九年六月八日）

在豐先生的《教師日記》中（見《豐子愷文集7‧文學卷三》），類似的記載俯拾皆是。「君子無終食之間違仁，造次必於是，顛沛必於是。」（《論語‧里仁》）古之君子，即使顛沛流離，也不曾有一頓飯的工夫忘了求仁這件事。套用這句古話，豐先生可以說是「無終食之間不言詩，造次必於是，顛沛必於是」，就是在最艱難的抗戰西遷時期，走在路上，腦中冷不丁就浮現出詩中的情景：吃一個棗，一下子能想起兩首古詩。這才是真正愛詩、懂詩且生活在詩中的人。

日記中提到的「家家扶得醉人歸」，豐先生後來把它畫成了漫畫。《一肩擔盡古今愁》《貧女如花只鏡知》這些畫作也都是以古詩為題的，這兩句詩《隨園詩話》裏引過，但詩話裏所引的文字和原詩小有出入。這說明豐先生並未讀過原詩，他用他的藝術家之眼，把這些佳句從詩話中摘出，並用畫筆藝術地再現出來。

當然，選入本書的作品都是完整的篇什。為了適應不同層次讀者的需要，我們還對詩詞的文本進行了核校。豐先生題畫或手書詩詞，只憑記憶，故偶有個別文字疏失，另外有些詩詞的文句本身也有異文。這次由北京大學醫學人文學院的講師李遠達博士與北京大學中國語言文學系古典文獻學專業的高樹偉博士分頭對入選的詩與詞，進行校、註、評的工作。個別作品的題目、作者、詞句理解等諸方面，學界尚存爭議的，兩位博士都貢獻了他們專業的意見。

最後，豐先生教學特別「重在參與」。《緣緣堂隨筆》中的《揚州夢》講的是豐先生教生病的兒子豐新枚學《唐詩二百首》與《白香詞譜箋》，當講到姜白石的《揚州慢》時，突然來了興致，次日便帶着兒女往揚州的二十四橋「尋夢」。這一教學方法也延續到了孫輩，豐先生當年為了帶外孫子領略錢塘江潮，是特意向學校請了假，從上海趕去的。把本書中《浙江潮》一篇與豐先生 1934 年寫的《錢江看潮記》對讀（見《豐子愷文集 5 · 文學卷一》），《遊廬山記》二篇與豐先生 1956 年寫的三篇《廬山遊記》合觀（見《豐子愷文集 6 · 文學卷二》），豐先生的這一教學方法及其成效可以躍然紙上。

二

豐先生對兒孫的教育親力親為，有部分原因是當時的學校教育不孚人望。1927 年，豐先生把當時學校教育的種種弊端，如課程安排機械、校規死板、教員體罰學生以及向兒童灌輸與其年齡不相稱的政治觀點等，及其對學校教育的質疑與反思，撰成了《無學校的教育》一文[1]，大力倡導「無學校的兒童教育」理念，文中特意摘譯了日本教育家西村伊作《我子的學校》一書中的部分內容：

> 父母，尤其是母親，不要每天孜孜於家庭的瑣事細故，而分一點力來教育子女，父母自己的心也很可以高尚起來。因為教育的神聖事業而教育的

---

1　原載 1927 年 7 月 20 日《教育雜誌》第 19 卷第 7 號（收《緣緣堂集外佚文》上冊）。下文凡不具出處之引文，皆引自此篇。

人，必先有高尚的精神。為了教育的一種大而善的事務，即使飯菜稍不講究一點，掃除稍不周到一點，家庭也歡樂而發美的光輝了。

在學校教育高度發達、社會教育如火如荼的今天，我們回看豐先生的「無學校的教育」思想，非但不覺其過時，反而覺得其中有許多特別可珍貴之處。其一，「無學校的教育」所提倡的父母的高質量陪伴，是今天有些家庭格外缺失了的。其二，「無學校的教育」並不要求父母有多麼高深的學問，「教育者只要是人就行」，「深究學問的人，也許反是失卻人間味的」。學校是集大眾而演講、經考試而頒發文憑的機構，學校教育是為在職場上尋敲門磚的；「無學校的教育」則更注重人格的健全與完善，其實質是「養成教育」，「由這樣教育出身的子女，一定是比由學校教育出身的更穩健而有深的思慮的人」。除夕夜吃罷年夜飯，全家老小聚在一處，合唱「長亭外，古道邊，芳草碧連天……」，這其實是很多人家都能做到的，只是現在更多的家庭在會餐之後選擇的是一人窩一個沙發抱着一台手機。其三，特別要說明的，父母分精力教育子女，獲益的不僅是子女，「父母自己的心也很可以高尚起來」。好的教育是雙向的。豐先生有許多畫，還有他散文中的一些名篇，本身就是畫給或寫給家中孩子的。「天地間最健全的心眼，只是孩子們的所有物，世間事物的真相，只有孩子們最明確、最完全的見到。我比起他們來，真的心眼已經被世智塵勞所蒙蔽，所斲喪，是一個可憐的殘廢者了。」（《兒女》，見《豐子愷文集 5·文學卷》）豐先生一生能長葆赤子之心，這和他喜愛兒童並善於從孩子身上汲取創作靈感是密不可分的。

　　杭州西泠印社有清人陳鴻壽手書的楹聯：「課子課孫先課己，成仙成佛且成人」，「成仙成佛」不過是說說而已，把這副楹聯稍改幾個字：「課子課孫亦課己，成龍成鳳先成人」，其實就切合豐先生的「無學校的教育」的理念，這是古今中外的教育家所共同推崇的。

## 三

　　豐先生幼年最初接受的是私塾教育，後入讀浙江省立第一師範學校。在這所學校裏，音樂、美術是最重要的功課，這是因為擔任音樂、美術課的教師是李叔同先生（即後來的弘一法師）。正是李先生的人格魅力，使平常不受重視的課程成了學校的「主課」。豐先生受李叔同影響很深，後來他也像李先生一樣赴日本遊學，成為學跨中西、兼通古今、出入僧俗的大藝術家。

　　豐先生是脫胎於舊時代的文人，他更是新文藝的開拓者與奠基人。他教兒孫學古詩詞，但作文或通信卻主張採用白話[2]；他以古詩詞入畫，畫的卻是現代生活；他自身是學藝術的，卻很鼓勵外孫子根據自己的愛好、特長報考物

---

2　豐先生 1945 年 6 月 3 日給後學夏宗禹寫信時說：「今後我們通信，請用白話，好否？原因是：（一）我一向主張白話文，惟寫信時仍舊用文言，常常覺得不該，而始終不改，請從今改。（二）寫信用文言，是為了對方生疏客氣，不便『你你我我』，必須用『先生』『足下』『弟』『僕』一套。現在我與你已很親熟，將來或許關係還要親密起來，所以應該用白話通信，比文言親切些。（三）你原是新文學時代的青年，只因如你所說，在南充住了三年，與老成人交往，學了老成氣，故寫信用了文言。我表面雖是老人，心還同青年一樣，所以請你當我是青年朋友，率直地用白話通信。（四）還有一個更重大的原因，我希望你更加用功文學，而用功的必須是白話文學，（古書當然要多讀，但須拿研究的態度去讀，不可死板模仿古人，開倒車。）白話文學注重內容思想，不重字面裝飾。（反之，文言往往內容虛空，而字句琳瑯華麗。）這才真是有骨子的文章。我們就用這種文字來寫信，豈不痛快？因上述四個原因，我主張和你以後用白話通信。不知你贊成否？」（見《豐子愷文集 7 · 文學卷三》）

理學系。人惟求舊，學惟求新。豐先生的學識與藝術，已為我們指引了民族、大眾、進步的新文化發展路向。本書的編纂與出版，除為世人留下一份珍貴記憶之外，庶幾可對當今時代家風、家訓之弘揚，對眼下「國學」與「國潮」復起之世風，略起些示範與引導作用。

我與宋菲君教授因同喜歡京戲而結識，蒙宋教授推舉，委我審閱書稿，故書中內容得先睹為快；書成付梓之際，撰為小文，綴於卷末，以向作者致敬，並向編輯同仁道謝。

北京大學中國語言文學系、中國古文獻研究中心

林 嵩

2021 年 1 月 31 日

責任編輯　楊　歌
裝幀設計　龐雅美
排　　版　龐雅美
印　　務　劉漢舉

豐子愷◎繪
宋菲君◎著
李遠達
高樹偉◎評註
林　嵩◎審校

**出版／中華教育**

香港北角英皇道 499 號北角工業大廈 1 樓 B 室
電話：(852) 2137 2338　傳真：(852) 2713 8202
電子郵件：info@chunghwabook.com.hk
網址：http://www.chunghwabook.com.hk

**發行／香港聯合書刊物流有限公司**

香港新界荃灣德士古道 220-248 號荃灣工業中心 16 樓
電話：(852) 2150 2100　傳真：(852) 2407 3062
電子郵件：info@suplogistics.com.hk

**印刷／美雅印刷製本有限公司**

香港觀塘榮業街 6 號海濱工業大廈 4 樓 A 室

**版次／2023 年 4 月第 1 版第 1 次印刷**

©2023 中華教育

**規格／16 開（210mm x 148mm）**

**ISBN／978-988-8809-67-7**

豐子愷家塾課

外公教我學詩詞

①